DIE VOLLMONDVAMPIRE

und das Geheimnis der Mondhexe

Originalausgabe

Umschlaggestaltung: Haakon Auster

Printed in Europe
ISBN 978-3-96448-995-1
www.autumnus-verlag.de

JACQUELINE MEIER

DIE VOLLMONDVAMPIRE

und das Geheimnis der Mondhexe

Für meine Lieblingsmenschen Gwendolyn und Pascal
Für alle Kinder
Möge euch meine Geschichte ein
Lächeln in eure Herzen zaubern!
Und für alle großen Leute, die ihrem inneren Kind ein
lustiges Abenteuer schenken möchten

Inhalt

Vampire mit Flugangst

Rumms! Wladimir landete unsanft auf dem steinigen Zimmerboden.

«Na, das musst du wohl noch etwas üben, das Landen», meinte seine Schwester Elenora, die kopfüber an einem Drahtseil hing, das einmal quer durch das Zimmer der beiden Vampirgeschwister gespannt war. Elenora war in Vampirjahren gerechnet ein halbes Jahrhundert älter als er. Ein halbes Jahrhundert, acht Monate und sieben Tage, um genau zu sein. Bei Vampiren war das kein nennenswerter Altersunterschied und im Verhältnis zu Menschenjahren waren es bloß zwei Jahre, drei Monate und fünf Tage.

Die linke Zimmerhälfte gehörte Elenora. Sie hatte die Wände dunkelviolett gestrichen und sie mit rosafarbenen Lichterketten und

Mohnblumen geschmückt. Ihr Sarg war schwarz und mit violetten Fledermäusen verziert.

Tante Eudora hatte ihr die vor einem halben Jahrzehnt auf den Sarg gemalt. Eudora hatte eine Vorliebe für Fledermäuse. Sie liebte es deshalb auch, sie in allen Farben und Formen zu malen. Besonders berühmt aber war sie für ihre Sargmalereien. Für sie war es deshalb mehr als verständlich, dass auch die Schlafplätze ihrer Neffen und Nichten mit ihrer Kunst, also mit ihren Fledermäusen, verschönert wurden. Wladimirs Zimmerhälfte war schwarz, genauso wie sein Sarg. Er wollte nicht, dass seine Tante seinen Sarg bemalte. Er mochte es schlicht und dunkel, weshalb er auch ausschließlich schwarz gekleidet war.

In der Ecke lag sein dunkelgrünes Pfeil- und-bogen-Set. Er liebte es, mit Pfeil und Bogen in der Nacht auf den nahegelegenen Felder umherzustreifen und den Pfeil ins Leere zu schießen, nur um dann selbst in die Höhe zu schnellen und mit dem Pfeil um die Wette zu fliegen.

Seine Schwester hatte nur eine Vorliebe: Die Musik, besonders die Band Mystic Five, die aus fünf Menschenjungen bestand. Sie schwärmte für Alexis. Der dunkelhaarige Junge mit den schulterlangen Haaren und den tiefblauen Augen war der Sänger der Band. Elenora kannte alle Lieder der fünf Engländer auswendig. Ihre Musik hörte sie zu jeder Gelegenheit. Ob sie traurig oder glücklich war, die Lieder passten immer. Mit den Kopfhörern, die sie von ihrem Bruder bekommen hatte, konnte sie die Musik so laut hören, wie sie mochte, ohne jemanden zu stören. Das Geschenk von Wladimir war nicht ganz ohne Eigennutz, denn nun war er endlich davon befreit, diese seiner Meinung nach schrecklich schnulzige Musik hören zu müssen. Die Tatsache, dass die Mitglieder von Mystic Five allesamt Menschen waren, machte die Musik für ihn noch unhörbarer.

Er konnte den Menschen gar nichts abgewinnen, außer vielleicht ihrem Blut. Aber das durfte er ja nicht. Seit Jahrhunderten tranken die Vampire in Siebenbürgen, wo die Vampirgeschwister lebten, nämlich kein Menschenblut mehr, sondern nur noch das Blut von Tieren. Sie jagten in den Wäldern und in den Karpaten.

Siebenbürgen, oder auch Transilvanien genannt, liegt in Rumänien. Seit Wladimir und seine Familie zu Vampiren wurden, lebten sie in der Burg Schattenwalde. Diese befand sich abgelegen mitten im Wald auf einem Hügel. Geschlafen wurde am Tag in den Särgen der Familiengruft, die aber ursprünglich nicht ihre Gruft war. Die gehörte irgendwann mal einer menschlichen Familie, von der schon beim Einzug der Vampirfamilie nur noch die Gebeine vorhanden waren. Nun gehörte die Gruft den Vampiren, der Vampirfamilie Etern.

Die Nacht verbrachten sie in der Burg. Hier hatten sie eine große Bibliothek, einen Raum mit Billardtischen und eine Dartscheibe. Unnötigerweise hatten sie auch eine große Küche, die sie als Wäscheraum nutzten, schließlich mussten sie nicht kochen. Sie hatten auch einen Tennisplatz und ein Musikzimmer. In einem der kleineren Zimmer übten sie sich im Fechten. Im größten Raum befand sich das Wohnzimmer. Zu guter Letzt hatten sie ihre privateren Gemächer. Auch hier hatten sie Särge, die waren aber nur zum Ausruhen gedacht oder wenn man es sich mal gemütlich machen wollte, mit einem Buch beispielsweise. Gelesen wurde viel, meist eben in den privateren Gemächern und weniger in der Bibliothek. Dort gab es zwar viele Sessel, aber nichts, um bequem zu lesen.

Eigentlich wollten alle die Bibliothek schon lange vampirfreundlicher gestalten, beispielsweise mit Drahtseilen, um daran abzuhängen, aber irgendwie nahm sich dann doch niemand der Sache an. Der Raum war also nur dazu da, um nach Lesestoff zu suchen. Vater Vladim bereicherte die Sammlung stets mit neuen Büchern. Dafür nahm er auch gerne mal weitere Flugstrecken auf sich. Aktuell war er deshalb viel unterwegs, schließlich hatten sie unendlich Zeit. Die musste man ja irgendwie verbringen, und da die meisten von ihnen ja begeisterte Leser waren, wurden stets neue Bücher benötigt. Zudem lernten sie Sprachen oder studierten alles Mögliche.

Vater Vladim machte einen Doktortitel, ehe er sich dafür entschied, Richter zu werden. Er arbeitete in einem transsilvanischen Vampirgericht als Oberrichter. Dort hatte er allerdings seit einigen Jahrzehnten nicht mehr viel zu tun, denn seit die Menschen die Gegend, in der die Vampire lebten, größtenteils mieden, gerieten die Vampire nicht mehr oft in Versuchung, gegen die Vampirische Rechtsordnung, unter anderem gegen den Gesetzesartikel 102 Absatz 1, zu verstoßen. Der Gesetzesartikel besagte, dass das Beißen und/ oder Blutsaugen bei Menschen strengstens untersagt sei. Bei Zuwiderhandlung drohte die Knoblauchpresse im Sarg und die war bei den Vampiren besonders gefürchtet. Auch war es unter Androhung von hundert Jahren Sargruhe verboten, laut Gesetzesartikel 103, Absatz 2 auf die Existenz von Vampiren aufmerksam zu machen.

Genaugenommen würde sich Gesetzesartikel 103, Absatz 2 erübrigen, wenn man sich an Gesetzesartikel 102, Absatz 1 hielte. Nur gab es ein paar wenige Vampire, die sich besonders schlau vorkamen und sich dachten, sie könnten das Gesetz umgehen, indem sie die gebissenen Menschen nicht in Vampire verwandelten und somit dafür sorgten, dass es keine Zeugen von Vampirsichtungen geben konnte.

Die Tür wurde plötzlich aufgerissen und Vater Vladim kam ins Zimmer der

Vampirgeschwister gestürmt. Mit seinem wehenden Haar und dem flatternden Mantel erinnerte er an eine viel zu groß geratene Fledermaus.

«Elenora, mia Vampiroschka, komm, lass dich drücken!» Er umarmte die kopfüberhängende Elenora voller Freude und kniff ihr liebevoll in die Wangen.

«Wie ich dich vermisst habe, mein kleines Vampirzähnchen», sagte er und drückte ihr liebevoll einen Kuss auf die Stirn.

«Du warst ja nur zwei Tage weg, Papa. Du benimmst dich, als hättest du mich Wochen nicht mehr gesehen», sagte Elenora und löste sich aus der Umarmung.

«Zwei Tage oder zwei Wochen, ich darf doch meine Tochter vermissen», sagte Vladim überschwänglich.

«Wieso immer so theatralisch Papa?», raunzte Wladimir, der nun auf Elenoras schwarzem Kleiderschrank saß, fragend zu seinem Vater hinunter.

Vladim sah zu seinem Sohn hoch und lächelte. «Ja und da ist ja mein Wladiflugi», rief er, breitete seine Arme aus und flog erfreut zu Wladimir hoch, der nun überlegte, ob es ihm wohl noch gelingen würde, vor seinem heranfliegenden Papa und dessen überschwänglicher Freude zu entfliehen oder nicht. Wladimir merkte aber, kaum hatte sein Vater abgehoben, dass eine Flucht aussichtslos war. Nicht zuletzt deshalb, weil Wladimir nicht nur mit der Landung, sondern auch mit dem Anflug so seine Schwierigkeiten hatte und sein Vater bei ihm sein würde, noch ehe er abheben könnte.

Während Elenora sich auf die Zehenspitzen stellte, kaum merklich Anlauf holte und in die Luft entschwebte, gleichsam einer Ballerina, war er eher der Flugtyp, der immer der Nase nach losflog. Manchmal vergaß seine Nase aber wohl, dass er ein Vampir war, und statt in die Luft abzuheben, landete er dann des Öfteren alle viere von sich gestreckt und mit der Nase voran auf dem Boden.

«Na, braucht mein Wladiflugi noch Flugstunden bei Tante Eudora oder drehst du deine Runden im Lande?», fragte sein Vater, der nun neben ihm auf dem Schrank saß und ihm wohlwollend auf die Schulter klopfte.

Tante Eudora malte nicht nur Fledermäuse auf Särge, sondern arbeitete auch als Fluglehrerin. Sie kümmerte sich meist um die besonders schwierigen Fälle von Flugproblemen und Flugangst. Es gab nämlich tatsächlich Vampire, die unter Flugangst litten.

Vladim wuschelte Wladimir durch seine braunen, stets zerzausten Haare und schaute ihn voller Stolz an. Er sah seine beiden Kinder oft voller Stolz an. Vladim war ein Bilderbuchpapa. So oft er konnte und es seine Arbeit als Richter gestattete, verbrachte er Zeit mit seiner Familie. Er war aber auch ein Vampir, der zu einer der ältesten Vampirfamilien Siebenbürgens gehörte und auch immer noch in Siebenbürgen lebte. Er war bleich und seine grünen Augen strahlten immer Freude aus; außer es bedrückte ihn etwas, aber das war schon seit langer Zeit nicht mehr vorgekommen. Seine gewellten, schwarzen Haare trug er schulterlang. Er brachte sie nie in Form, weshalb sie wie die Haare von Wladimir immer etwas zerzaust wirkten. Er trug immer schwarze Hosen, dunkelrote oder schwarze Hemden und eine farblich abgestimmte Weste mit Ornamenten. In seiner linken Brusttasche befand sich eine goldene Taschenuhr, die er vor einigen Jahrzehnten von Ambrosius, einem Antiquitätenhändler, geschenkt bekommen hatte.

Ambrosius war ebenfalls ein Vampir. Er war ein guter Freund von Vladims Mutter, wurde aber über die Jahre auch zu seinem Freund. Die Taschenuhr trug Vladim immer bei sich. Wladimir und Elenora verstanden nie genau, warum ihr Vater die Uhr ständig bei sich trug, schließlich waren sie Vampire und Zeit hatte für sie nicht dieselbe Bedeutung wie sie es für Menschen hatte.

«Vladi, ach, da bist du!» Celeste, seine Frau und die Mutter von Wladimir und Elenora, betrat das Zimmer der Vampirgeschwister und lächelte zufrieden in die Runde.

Sie war eine kleine, zierliche Frau, mit einem schmalen Gesicht, braunen Augen, einer kleinen Stupsnase und bleicher Haut. Ihre rostblonden Haare hatte sie meist zu einem wilden Dutt zusammengebunden. Sie trug immer Kleider, mal mit Rüschen oder Punkten, mal kariert oder gestreift. Wladimir und Elenora konnten sich nicht erinnern, ihre Mutter mal in Hosen gesehen zu haben. Celeste pflegte zu sagen: «Ich lasse mich von niemandem einengen, nicht einmal von einer Hose».

Elenora mochte die Einstellung und den Kleiderstil ihrer Mutter sehr. Zumindest war es eine Lebenshaltung, die vieles bequemer gestaltete, vor allem, was den

Tragekomfort von Kleidern anbelangte. Elenora trug deshalb auch immer Kleider. Aber ihre Kleider waren immer unifarben und die meisten davon waren schwarz oder dunkelrot. Am liebsten trug sie schwarze Kleider mit Fledermausärmeln und geringelten Strumpfhosen. Sie liebte Strümpfe und hatte eine ganze Sammlung von verschiedenfarbig geringelten, gepunkteten oder karierten Strumpfhosen.

Sie hatte eine kleine Nase und ein ovales, bleiches Gesicht. Ihre gelockten Haare waren rostblond, wie die ihrer Mutter. Sie trug sie meistens offen oder, wenn sie besonders gut gelaunt war, zu einem Dutt gebunden, der von ihrer Lieblingshaarklammer zusammengehalten wurde. Die Haarklammer hatte sie von ihrer Tante Eudora bekommen und war - wie konnte es auch anderes sein - eine Fledermaushaarklammer. Ihre Tante hatte ihr die Fledermausflügel mit roten Rubinen verschönert, weil die Edelsteine dieselbe Farbe hatten wie die Augen von Elenora. Die grazile Figur hatte Elenora von ihrer Mutter geerbt.

Wladimir hingegen war alles andere als zierlich. Er war eher klein, hatte ein rundes Gesicht mit Pausbacken und rote Augen. Sein Körperbau war kräftig und mit seinen schlaksigen Bewegungen wirkte er immer etwas unbeholfen. Natürlich war er genauso bleich wie der Rest der Familie.

«Schaut mal, was ich gefunden habe», sagte Celeste, flog grazil in die Zimmermitte und hockte sich dort im Schneidersitz, wenige Zentimeter über dem Boden schwebend, hin. In der Hand hielt sie eine kleine hölzerne und komplett mit Staub überzogene Kiste. Elenora setzte sich neben ihrer Mutter in die Luft. Vladim schwebte zu ihnen hin, hielt die Beine von sich gestreckt und stütze sich mit den Armen im Nichts ab. Wladimir blieb auf dem Schrank und ließ seine Füße hinunterbaumeln.

Celeste öffnete die Kiste und nahm ein Foto heraus.

«Oh nein!», rief Vladim mit weit aufgerissenen Augen entsetzt und schlug die Hände über dem Kopf zusammen. «Wo hast du bloß diese Aufnahme gefunden? Wenn ich nur schon an den unheilvollen Tag zurückdenke! Wären wir doch damals bloß zuhause geblieben, wie ich es gesagt habe. Aber nein, stattdessen machten wir mit Oma Ruschka, Cousin Edmund, Tante Eudora, meiner lieben Schwägerin Ambrosia und dem schusseligen Onkel Victor einen Familienausflug in die Karpaten, nur damit Victor die Landschaft fotografieren konnte. Und was hatten wir davon?» Vladim starrte mit zusammengepressten Lippen in die Runde und warf die Hände in die Luft.

Celeste seufzte beim Anblick des Fotos. «Ein Tag, den ich nie vergessen werde», sagte sie kleinlaut.

«Ich auch nicht», meinte Vladim und zeigte mit dem Finger in die Höhe. «Onkel Victor kletterte über einen Felsvorsprung, um ein Foto zu machen, rutschte ab und fiel den steilen Abhang hinunter. Bis wir bei ihm waren, brach schon die Dunkelheit über uns herein. Sein Bein hat stark geblutet und sie haben ihn gerochen.»

Wladimir zog seine Beine an seinen Körper und blickte ernst in die Runde.

«So haben sie uns gefunden», sagte Celeste und schaute immer noch auf das Bild.

«Genau», meinte Vladim. «Sie haben ihn gerochen und sind deshalb zu uns gekommen. Zwei Vampire gegen uns neun Menschlein. Wir hatten keine Chance.»

«Ja, Papa», unterbrach ihn Elenora. «Aber nachdem sie uns gebissen hatten und somit eine ganze Menschenfamilie auslöschten, hatten sie ein schrecklich schlechtes Gewissen und sind auf Tierblut umgestiegen. Sie lernten mit uns dann auf die Jagd nach Tieren zu gehen. Das kannten sie ja selber noch nicht. Und wir kennen ja nur Tierblut, abgesehen von Oma Ruschka», sagte Elenora.

«Aber die probiert jetzt auf ihrer Weltreise fast alles, was ihr zwischen die alten Fangbeißerchen kommt», fügte Wladimir hinzu.

«Ja, die Oma Ruschka», sagte Elenora. «Aber um beim Thema zu bleiben, sie haben uns die Burg, die Grabkammer und einen Teil ihrer Ländereien geschenkt, damit wir keine heimatlose Vampirfamilie sein müssen. Nicht, dass es etwas wiedergutgemacht hätte, aber immerhin waren sie danach einsichtig und möchten nun auch nie wieder Menschen beißen und in Vampire verwandeln. Für alle anderen Menschen, die nach uns in dieses Gebiet kamen, war es ja ein Segen. Hier wird kaum noch jemand gebissen.»

«Das ist natürlich auch unserem Vampirgesetz zu verdanken, das das Trinken von Menschenblut verbietet, mein kleines

Vampirzähnchen», zwinkerte Vladim und fügte nachdenklich hinzu: «Das war eine schwierige Zeit der Umstellung. Hunderte Vampire mussten von Menschenblut auf Tierblut umsteigen. Das war nicht für alle einfach und sorgte für heftige Debatten unter den Vampiren. Viele sind damals aus Siebenbürgen gegangen. Ich hoffe bloß, dass sie dort, wo sie sich jetzt aufhalten, die Existenz von Vampiren geheim halten.»

«Naja, und eigentlich haben wir ja jetzt ein sehr schönes Leben», meinte Celeste und sah ihren Mann liebevoll an. Vladim blickte in die Runde und legte seine Arme um Celeste und Elenora.

Verhexte Prophezeiungen

Elenora lag auf dem weichen Moos mitten im Park des alten, verwilderten Friedhofs, der sich nahe der Burg Schattenwalde befand, in der die beiden Vampirgeschwister lebten. Sie lag auf dem Rücken und hatte die Beine, mit den geringelten schwarzroten Strumpfhosen in die Luft gestreckt, kreiste ihre Füße und begutachtete ihre Zehen, die sie auf und ab bewegte. Ihre schwarzen Schuhe hatte sie ausgezogen und neben sich ins Moos gelegt. Sie trug ihre Kopfhörer und hörte das Lied «Spooky Night» von ihrer Lieblingsband Mystic Five.

Wladimir hockte auf einem Grabstein und verspeiste ein Glühwürmchen.

«Ufff, ist das langweilig hier, irgendwie fehlt uns jemand zum Rumhängen.»

«Frag doch Cousin Edmund», sagte Elenora und grinste in den sternenklaren Nachthimmel. Ihr dreiundzwanzig Jahre alter Cousin war ein ganz eitler Vampir, der sich für fast alles zu gut war. Elenora griff sich ein vorbeifliegendes Glühwürmchen. Es zappelte zwischen ihren Fingern. Sie bekam Mitleid und ließ das leuchtende Würmchen weiterfliegen.

«Auf der Waldlichtung beim Martinswald gibt es wieder diesen Jahresklamauk. Der findet immer im Herbst statt», sagte sie nach einer Weile, in der sie nur ihre in die Luft gestreckten Beine angestarrt hatte. Gespannt blickte sie zu ihrem Bruder, der nun mit einer ganzen Handvoll Glühwürmchen da saß und die sich windenden Leuchtkäfer beobachtete.

«Meinst du diesen Martinsmarkt?», fragte Wladimir.

«Genau, den meine ich», gab Elenora zur Antwort.

«Ja, lass uns mal dort vorbeifliegen», sagte Wladimir mampfend, mit dem Mund voller Glühwürmchen.

Also flogen sie los. Sie flogen hoch über die Wipfel der Tannen. Wladimir streifte mit seinen Füßen an den Bäumen und musste immer wieder zusehen, dass er nicht an Höhe verlor. Da seine Schuhe von seinen Flugschwierigkeiten ständig zerkratzten oder die Schnürsenkel durchscheuerten, mussten sie regelmäßig ersetzt werden. Heute hatte er glücklicherweise neue Schuhe an. Der Wald unter ihnen lag im Dunkeln. Sie flogen um einen Berg und konnten dahinter auf einer Waldlichtung verschiedenfarbige blinkende Lichter erkennen.

«Gleich sind wir da», rief Elenora zu ihrem Bruder und sah nach hinten.

Wladimir versuchte, mitten im Flug seine Schnürsenkel neu zu binden und flog deshalb unkontrolliert auf und ab. Sein Anblick erinnerte Elenora an einen Springball. Sie schmunzelte und schaute wieder nach vorne. Gerade zum richtigen Zeitpunkt.

«Achtung! Riesige Tanne voraus!»

Zu spät. Wladimir krachte in die Tanne, fiel auf mehrere Äste und landete schließlich auf dem Boden. Elenora landete neben ihm.

«Alles gut bei dir?»

«Ja», Wladimir lächelte kurz etwas gequält und wischte sich die Tannennadeln von den schwarzen Kleidern. Die Lichter des Jahrmarkts schienen sanft zwischen den letzten paar Bäumen hindurch zu den Vampirkindern. Da sie beide schwarz gekleidet waren, abgesehen von Elenoras Strumpfhosen, waren praktisch nur ihre bleichen Gesichter zu sehen.

«Wollen wir?», Elenora sah ihren Bruder an.

«Auf drei?», fragte Wladimir, doch Elenora stand schon am Eingang des Rummelplatzes und grinste ihn an. Wladimir stapfte los. Swuschen mochte er jetzt nicht.

Swuschen nannten die Vampire sehr schnelles Laufen. Würde ein Vampir an einem Menschen «vorbeiswuschen», dann würde der Mensch wohl allerhöchstens ein paar Farben an sich vorbeiziehen sehen.

«Elenora, du sollst hier nicht swuschen!»

Sie grinste ihm zur Antwort bloß frech zu und begab sich in die Menschenmenge. Wladimir hatte Mühe ihr zu folgen. Sie lief direkt auf das Riesenrad zu und schaute hoch.

«Als wäre es speziell, so hoch oben zu sein und hinunterzublicken», raunzte Wladimir. Er war sichtlich verärgert, weil seine Schwester ihm davongelaufen war.

«Naja, für dich ja schon», gab Elenora frech zur Antwort und stupste ihn liebevoll am Arm an. «Nun lach bitte wieder!»

Wladimir rang sich zu einem Lächeln durch.

Sie schlenderten durch die Menschenmenge und sahen sich die verschiedenen Marktstände an. Die kleinen Marktgässchen führten sie an allerlei Angeboten vorbei. Am Ende des Marktgässchens angelangt, etwas abseits davon, hing ein Tuch mit Monden drauf, das an beiden Seiten an weißen Säulen angebracht war. Elenora und Wladimir gingen neugierig auf den seltsamen Marktstand zu. Beim Tuch mit den Monden angelangt, entdeckten sie ein angeklebtes Pergamentpapier. In Schnörkelschrift stand da geschrieben:

Treten Sie hinter den Vorhang des Lebens! Lassen Sie mich Ihre Zukunft sehen und erfahren Sie Ihr Todesdatum!

Wladimir und Elenora schauten sich neugierig an.

«Dann lass uns herausfinden, ob die Wahrsagerin hinter dem Vorhang weiß, dass wir schon tot sind», flüsterte Wladimir schelmisch lächelnd seiner Schwester zu. Sie nickte aufgeregt.

Elenora zog den dunkelblauen Vorhang mit den weißen Monden zur Seite und spähte dahinter. Da saß die Wahrsagerin an einem dunkelbraunen Holztisch. Das einzige Licht kam von einer Öllampe, die leicht gedimmt war und der ganzen Szenerie etwas Mysteriöses verlieh. Sie hatte ein leicht transparentes, hellrotes Tuch über dem Kopf und hielt mit beiden Händen eine Kristallkugel. Die beiden Vampire traten näher.

«Setzt euch!», sagte die Wahrsagerin, deren Stimme um einiges jünger klang als Wladimir und Elenora vermutet hatten. Die Wahrsagerin hob beide Hände in die Höhe und bewegte kaum merklich ihre beiden Zeigefinger nach innen.

Wie von Zauberhand kamen von links und rechts Stühle angesaust, auf welchen die Vampirgeschwister Platz nehmen konnten.

«Schön, dass ihr hergefunden habt. Ich habe euch schon erwartet.»

«Natürlich», gab Wladimir ironisch zur Antwort.

«Was wollt ihr denn von mir erfahren?»

«Das müsstest du doch eigentlich wissen», raunzte Wladimir.

«Nun ja, ich schau mal in meine allwissende Kugel.» Die Wahrsagerin bückte sich vor und als sie näher an Wladimir und Elenora war, konnten die Vampire erkennen, dass das Gesicht unter dem leicht transparenten Tuch zu einem Mädchen gehören musste, das ungefähr in ihrem Alter war, zumindest, wie es ihre Körper zum Zeitpunkt der Verwandlung in Vampire waren. Damals war Elenora zwölf Jahre alt und Wladimir zwei Jahre, drei Monate und fünf Tage jünger. Die Wahrsagerin hob das Tuch und zum Vorschein kam ein Mädchen mit olivgrünen Augen und pechschwarzen gelockten Haaren. Sie kniff die Augen zusammen und starrte in die Kristallkugel. Ihr Mund stand offen. Sie wirkte entsetzt und zugleich erstaunt. Sie neigte ihren Kopf leicht zur Seite und zog die Augenbrauen nach oben.

«Muss ein spannendes Programm sein, das du hier empfängst», sagte Wladimir grinsend.

«Nun lass sie doch ihre Arbeit machen», meinte Elenora und deutete mit dem Zeigefinger an, still zu sein.

«Naja, ich kann euch leider gar kein Todesdatum nennen. Das ist ehrlich gesagt, das erste Mal, dass ich das nicht kann», sagte das Mädchen.

Wladimir lehnte sich leicht nach hinten und verschränkte die Arme. «Natürlich», flüsterte er und lächelte.

Elenora starrte das Mädchen fasziniert an. Ihre Wangen waren leicht gerötet und sie hatte, obwohl es im schummrigen Licht kaum zu erkennen war, vereinzelte Sommersprossen im Gesicht. Sie trug einen schwarzen Pullover mit Rundhalsausschnitt, ein dunkelrot gehäkeltes Jäckchen, halbmondförmige Ohrringe und eine Kette mit tropfenförmigem Mondstein.

Das Mädchen zog sich den roten Schleier, der sich nur noch teilweise auf ihrem Kopf befand, ab und verschränkte die Arme. Kerzengerade saß sie auf ihrem Stuhl. Sie schaute die Vampirgeschwister abwechselnd an. Genaugenommen sah sie nicht einfach, sondern sie starrte. Sie starrte und sprach kein Wort.

«Und? Was konntest du sehen?», unterbrach Elenora fragend die Stille.

«Allerlei», sprach das Mädchen verträumt und sah nun ins Leere. Sie strich sich eine schwarze gelockte Haarsträhne aus dem Gesicht und knabberte dann am rechten Fingernagel ihres Daumens. Sie wirkte abwesend. Nach einem weiteren Moment der Stille sah sie Elenora und Wladimir wieder abwechselnd an. «Es muss schön sein, euer Leben. Ohne Angst vor dem Tod», sagte sie und schaute wieder gedankenverloren in die Ferne.

«Sie ist gut», flüsterte Wladimir Elenora zu. Elenora nickte.

Hinter ihnen erklang eine tiefe Männerstimme: «So, junge Dame!»

Elenora und Wladimir drehten sich um. Hinter ihnen stand ein Polizist.

«Du hast gar keine Marktbewilligung, wie ich herausgefunden habe ...» Er sah mit ernster Miene zum schwarzhaarigen Mädchen.

«Wie ist denn dein Name?»

«Runa»

«Soso, und wie alt bist du?» Der Polizist stemmte seine Hände in die Hüfte.

«Zwölf», antwortete Runa.

«Ich gebe dir fünf Minuten Zeit, um mit deinem Marktstand zu verschwinden, ansonsten droht eine Buße.» Er machte auf dem Absatz kehrt und ging davon. Runa stand erschrocken auf, lief einmal hinter den Vorhang und man hörte, wie sich Kleber vom Stoff löste. Sie kam zurück und hielt das Pergamentpapier in der Hand. Das Pergament platzierte sie kurzerhand neben sich auf dem Boden. Dann zauberte sie aus ihrem Jäckchen einen violetten Strickbeutel mit schwarzer Kordel hervor. Sie hob ihre kleine Kristallkugel hoch und verstaute sie vorsichtig im Beutel. Danach nahm sie die Öllampe und platzierte sie neben dem Pergamentpapier auf dem Boden.

«Könnt ihr bitte kurz aufstehen?» Sie sah Elenora und Wladimir fragend an.

Die beiden gaben ihre Plätze frei. Runa hob den Tisch an und legte ihn mit seiner Oberseite auf den Boden, sodass die Tischbeine in die Luft ragten und zusammengeklappt werden konnten. Nun öffnete sie den Strickbeutel, soweit es möglich war. Dann hob sie den Tisch abermals hoch und warf ihn einmal in die Höhe. Wie von Zauberhand wurde das Möbelstück mitten in seinem Flug klein. Sie zog den Strickbeutel so weit wie nur möglich auseinander und hielt ihn direkt unter den herabsausenden Tisch. Der Tisch verschwand sogleich im Stickbeutel und es klirrte.

«Mist! Schon die dritte Kristallkugel, die mir in diesem Jahr kaputtgeht!» Sie starrte grimmig in den Beutel und schüttelte den Kopf. «Ich muss mir endlich mal merken, dass erst das Mobiliar in den Beutel gehört und dann die Kristallkugel», murmelte sie vor sich hin. «Naja, die Unordnung mache ich später sauber», sagte sie, klatschte zweimal in die Hände und die beiden Stühle flogen in die Höhe, wurden genau so klein wie davor schon der Tisch und hüpften in den Beutel. Runa nahm das Tuch mit den Monden von den Säulen und legte es auf den Boden. Dann nahm sie die erste Säule und packte sie in den Strickbeutel. Bei der zweiten schien es im Beutel langsam eng zu werden. Die halbe Säule steckte bereits in der Tasche, aber schien nicht mehr weiter hinein zu passen. Runa kletterte flink auf die Säule, stand auf und hüpfte so lange rum, bis sie im Beutel verschwand. Dann hüpfte sie aus der Tasche, in der sie schon kniehoch drinsteckte, heraus und schnappte sich das Tuch mit den weißen Monden. Das warf sie dann ebenfalls in die Höhe. Doch anstatt dass es wie der Tisch und die Stühle davor klein wurde, fiel es über Runa und bedeckte sie komplett. Mühsam schälte sie sich unter dem Tuch hervor und schaute verärgert zu Elenora und Wladimir, die mit offenen Mündern dastanden und zurückstarrten.

«Ihr seid ja immer noch hier», stellte Runa kleinlaut fest.

Wladimir zeigte auf das Tuch in Runas Händen.

«Warum wurde es nicht klein?» Er stellte die Frage so, als ob er schon sein ganzes Leben lang gesehen hätte, wie Gegenstände kleingezaubert werden konnten.

«Weil ich es vermasselt habe. Ich kann noch nicht so gut zaubern. Der Mond ist heute aber auch noch nicht ganz in der Nacht angekommen», antwortete Runa gedankenverloren, blies sich eine schwarze Haarsträhne aus dem Gesicht und wirkte plötzlich deprimiert. Sie faltete das Tuch zusammen und packte es unter den Arm.

Dann bückte sie sich und hob die Tasche hoch.

«Die Öllampe und das Pergamentpapier hast du noch vergessen», sagte Elenora, die ihre Worte wiedergefunden hatte, und zeigte auf den Boden.

«Oh ja», murmelte Runa verstimmt. «Aber die haben nun gar keinen Platz mehr in der Unordnung im Beutel.»

«Sollen wir dir helfen, die Sachen zu tragen?»

«Wenn ihr Freunde seid», gab sie zur Antwort und sah die Vampirgeschwister fragend an. Die Vampire schauten fragend zurück.

«Wie meint sie das?», fragte Wladimir seine Schwester, so als ob Runa nicht da wäre. Elenora zuckte ratlos mit den Schultern.

«So, die Dame!» Der Polizist stand plötzlich hinter den Dreien. Wladimir bückte sich und packte in Windeseile das Pergamentpapier. Das Papier fiel ihm aus der Hand.

Ungeschickt versuchte er es aufzuheben, aber der Polizist war schneller.

Er las laut vor, was auf dem Papier geschrieben stand: «Treten Sie hinter den Vorhang des Lebens! Lassen Sie mich ihre Zukunft sehen und erfahren Sie Ihr Todesdatum! Soso», murmelte er. «Nun ja, ich kann dir zwar nicht dein Todesdatum voraussagen, aber wenn du nicht in zwei Minuten weg bis, kann ich dir vorhersagen, dass du eine Buße bekommst.» Er schaute Runa streng an. Sie nickte, drehte auf dem Absatz um und lief davon, dicht hinter ihr folgten die beiden Vampire.

Sie liefen in Richtung Wald. Vor den ersten Bäumen blieb Runa stehen und deutete auf eine besonders breite Tanne.

«Ich habe da geparkt. Ich schaffe es also von hier aus allein.»

«Ich kann gar kein Auto sehen oder fährst du Motorrad?», fragte Wladimir ironisch und reckte seinen Kopf suchend in Richtung der Tanne.

Runa lief, ohne eine Antwort zu geben, zur Tanne und verschwand dahinter. Nach ein paar Sekunden tauchte sie wieder auf. In der Hand hielt sie einen Besen. Wladimir und Elenora standen staunend und mit offenen Mündern da.

«Ich bin eine Hexe. Oder was habt ihr gedacht, warum ich zaubern kann?» Sie schaute die Vampirgeschwister an, die immer noch mit offenen Mündern dastanden.

«Also», sagte Wladimir nach einer Weile des Staunens. «Dass es Vampire gibt, das weiß ich ja, aber dass es Hexen gibt, das erstaunt mich dann schon über alle Maßen.»

«Das klingt so, als würde es Vampire geben», gab Runa zur Antwort und lachte laut auf.

Sie schaute die beiden Vampirgeschwister abwechselnd an und biss sich plötzlich nachdenklich auf die Unterlippe. Dann machte sie ein ernstes Gesicht und man konnte trotz der schwach beleuchteten Umgebung erkennen, dass sie sehr angestrengt nachdachte. Eine ganze Weile stand sie so da, ohne ein Wort zu sagen. Doch plötzlich erhellte sich ihr Blick und nun stand ihr Mund sperrangelweit offen.

«Potzblitz! Ihr seid Vampire, oder?», stellte sie über alle Maßen erstaunt fest und sah die Vampirkinder neugierig an.

«Solltest du jetzt nicht schreiend davonrennen?», fragte Elenora.

«Nööö, hättet ihr mich beißen wollen, dann hättet ihr das doch längst getan!»

«Das weisst du ja nicht. Vielleicht spielen wir gerne mit unserem Essen», gab Wladimir zur Antwort.

«Jetzt sei mal nicht so gemein, Wladimir», sagte Elenora sanft und sah dann fragend zu Runa. «Warum hast du keine Angst vor uns?»

«Also wenn ihr mich beißen würdet, dann könnte ich mich in einen Vampir verwandeln und wäre dann eine Vampirhexe. Vermutlich die erste Vampirhexe. Wenn ihr mich nur beißen, aber nicht verwandeln würdet ...», meinte Runa achselzuckend, schaute zum Mond und fügte nachdenklich hinzu: «... dann wäre dies wohl mein Schicksal.»

«Ein seltsames Mädchen, aber sympathisch», dachte sich Elenora und konnte im Gesicht ihres Bruders ablesen, dass er in etwa dasselbe dachte.

«Dann düse ich mal los», meinte Runa und schwang sich auf ihren Besen. «Danke nochmals, dass ihr mir beim Tragen geholfen habt. Es war schön, zwei so liebe Unsterbliche getroffen zu haben!» Sie lächelte Elenora und Wladimir freundlich an und hob ab in die Luft. Genauer gesagt, hob sie zwei Meter vom Boden ab und flog langsam los.

«Wieso fliegst du nicht höher?», rief Wladimir ihr fragend nach.

«Weil ich mich nicht traue und weil der Besen manchmal plötzlich seine Meinung ändert und nicht mehr fliegen will. Das liegt daran, dass meine Zauberkraft nicht genügend ausgebildet ist. Und wie ich schon gesagt habe, ist der Mond heute auch noch nicht ganz in der Nacht angekommen.»

Wladimir sah Elenora an. «Ein komisches Mädchen.»

«Ich finde sie super», sagte Elenora und grinste.

«Ich auch», antwortete Wladimir.

Elenora setzte sich ihre Kopfhörer auf und drehte das Lied «Spooky Night» von Mystic Five laut auf. Der Bass dröhnte in ihren Ohren und sie lächelte zufrieden. Wladimir verdrehte die Augen.

Sie hoben ab und flogen zurück zum Park des Friedhofs.

Die Vampirsicherheitsfraktion

Die Parkanlage des alten verwilderten Friedhofs, die sich nahe der Burg befand, wurde sanft vom Mondlicht beschienen.

Wladimir sass auf einem alten Baumstrunk und pulte in einem Moosloch nach einem besonders saftigen Käfer. Elenora lag auf dem Rücken und hörte immer noch ihre Lieblingsband.

«Aaachtung!»

Wladimir sah erschrocken von seinem Moosloch hoch und konnte gerade noch etwas Schwarzrotes ausmachen, das in Windeseile an ihm vorbeischoss und direkt auf Elenora zustürzte.

«Verhexter Mist nochmal!», Runa landete bäuchlings auf Elenora, der es den Anschluss der Kopfhörer herausriss.

«I see you, girl, you crazy little girl, you take me to the Moon and back and i will be with you forever!», hallte die Stimme von Sänger Alexis von Mystic Five in die Parkanlage des Friedhofs.

Elenora nahm die Kopfhörer aus den Ohren und versuchte sich aufzurappeln, aber Runa verstand nicht, dass sie dafür von Elenora runter gehen sollte.

«Potzblitz! Du hörst Mystic Five!», rief Runa, die immer noch auf Elenora lag.

Sie war dermaßen erfreut darüber, dass sie beide den gleichen Musikgeschmack hatten, dass sie die unter ihr liegende Elenora kurzerhand umarmte. Nun lagen sie da. Elenora auf dem Boden und auf ihr eine überschwängliche Runa, die sie im Knuddlklammergriff hielt. Wladimir verdrehte die Augen.

«Ja, ich höre Mystic Five, aber könntest du nun bitte von mir runter gehen?», meinte Elenora leicht genervt.

«Natürlich, entschuldige», Runa rappelte sich auf und putzte sich den Dreck von ihren Kleidern. «Naja, im Mondlicht erkennt man sowieso kaum was», meinte sie schließlich, als sie merkte, dass sich der Dreck nicht einfach abklopfen ließ. Elenora richtet sich ebenfalls auf und strich sich ihre zerzausten Haare zurecht.

«Das mit dem Landen solltest du noch üben», sagte sie und sah Runa streng in die Augen.

«Das höre ich auch immer von ihn», sagte Wladimir genervt, schnappte sich mit dem Mund einen vorbeifliegenden Käfer und schluckte ihn genussvoll hinunter.

«Ihr könntet beide zu Tante Eudora in den Flugunterricht.»

«Du gehst in den Flugunterricht?» fragte Runa.

«Er sollte in den Flugunterricht», korrigierte Elenora.

«Aber ihr seid doch Vampire, die können doch einfach fliegen. Oder etwa nicht?»

«Fliegen schon. Ob es gut oder sicher ist, das ist ein ganz anderes Thema. Es gibt sogar Vampire, die unter Flugangst leiden», erklärte Elenora und linste zu ihrem Bruder. Der schaute sie grimmig an und kratze sich hinter dem Ohr.

«Flugangst habe ich sicher keine», meinte er und griff sich einen weiteren Käfer, der gerade vorbeiflog. «Sonst würde ich ja nicht mit meinem Pfeil um die Wette fliegen.»

«Was machst du? Du fliegst um die Wette mit einem Pfeil?»

«Ja. Das ist großartig. Ich schiesse den Pfeil in die Luft und versuche ihn dann einzuholen.»

«Klingt nach Spass. Da könnte ich doch mit meinem Besen mal mitfliegen», meinte Runa erfreut.

«Kommst du so hoch mit deinem Besen?»

«Das müsste ich wohl noch üben», antwortete Runa kleinlaut.

Die drei sahen sich eine Weile schweigend an.

Plötzlich erklang ein Lachen. Es war das Lachen einer Frau. Dann war eine Männerstimme vernehmbar. Runa, Elenora und Wladimir liefen in die Richtung, aus der sie die Stimmen hörten, und versteckten sich hinter einem Busch.

«Das war eine wunderbare Idee von dir, mein lieber Alistair!», hörten sie die Frauenstimme sagen.

«Das ist Tante Eudora mit diesem schmierigen Alistair», flüsterte Wladimir den Mädchen zu. Die drei linsten hinter dem Busch hervor und beobachteten Eudora und Alistair.

Eudora hatte ein rundes, freundliches Gesicht und graue Haare. Ihre Haare hatte sie wie immer zu einem strengen Dutt gebunden. Sie trug stets ihre rote Samtjacke mit den schwarzen Fledermäusen darauf, eine schwarze Bluse und einen schwarzen Rock mit Rüschen. Elenora und Wladimir konnten sich nicht daran erinnern, ihre Tante mal in anderen Kleidern gesehen zu haben. Sie besaß nämlich alle Kleidungsstücke in mehrfacher Ausgabe.

Alistair war ein großer, schlanker Mann mit schulterlangen, fettigen Haaren. Er hatte ein eckiges Gesicht, schmale Augen, dünne Lippen und eine knollige Nase. Er trug einen schwarzen Pullover und schwarze Hosen.

«Sind sie auch Vampire?», flüsterte Runa.

«Ja», begann Elenora mit ernster Miene, «Alistair ist schon seit Jahrzehnten wie besessen von unserer Tante. Sie sieht in ihm aber bloß einen guten Freund. Wladimir und ich trauen ihm nicht über den Weg.»

Wladimir nickte seiner Schwester beipflichtend zu.

Runa sah Alistair eingehend an. «Ihn umgibt ein wütender Nebel.»

«Was ist ein wütender Nebel?» Elenora sah Runa fragend an.

«Seht ihr das nicht?» Runa deutete auf Alistair und drehte mit ihrem Zeigefinger wilde

Kreise in der Luft. «Da ist doch ein Nebel, der sich wie ein Sturm um ihn herumbewegt.»

Die Vampirgeschwister kniffen ihre Augen zusammen und versuchten angestrengt, einen wütenden Nebel um Alistair zu erkennen.

«Ich sehe nur Alistair», meinte Wladimir und packte sich ein vorbeifliegendes Glühwürmchen, das sogleich in seinem Mund landete.

«Du siehst vor allem das Essen, Wladimir», meinte Elenora augenrollend.

«Wir haben heute auch noch nicht richtig gegessen», entgegnete Wladimir genervt.

Runa löste sich aus ihren Gedanken und griff sich an den Hals. «Nun mal ernsthaft, muss ich Angst davor haben, dass ihr mich beißen werdet?»

«Wer weiß ...» Wladimir schmunzelte und zwinkerte Runa zu. Er setzte sich wieder auf den alten Baumstrunk. Runa und Elenora setzten sich zu ihm hin.

«Er scherzt», antwortete Elenora. «Du musst keine Angst haben. Seit dem Tag unserer Verwandlung in Vampire, trinken wir nur Tierblut. Wir sollten auch auf keinen Fall Menschenblut trinken.»

«Warum? Vampire ernähren sich doch von Menschenblut. Genauso kennt man Vampire, zumindest aus den Büchern und Filmen.»

«Nun ja, es gibt einen einzigen dokumentierten Fall eines Vampires, der seit seiner Verwandlung nur Tierblut getrunken hat und dann eines schönen Tages Blut von Menschen gekostet hat. Das hat seinen Jagdinstinkt so sehr geweckt, dass der Vampir wie besessen ins nächstgelegene Dorf geflogen ist. Dort hat er die ersten zwei Personen gebissen, die ihm begegnet sind und sie auch fast leergesaugt.»

«Das ist ja schrecklich. Die armen Menschen», seufzte Runa betroffen.

«Naja, so arm sind sie nicht», meinte Elenora.

«Warum?» Runa sah Elenora verblüfft an.

«Der Vampir, von dem wir gesprochen haben, ist unsere Oma Ruschka. Die Menschen, die sie gebissen hat, standen alle an der Schwelle zum Tod. Nun sind sie Oma Ruschka sehr dankbar für das zweite geschenkte Leben und genießen es in vollen Zügen.»

«Was soll das heißen? Sie saugen hoffentlich keine Menschen aus?», fragte Runa sichtlich erschreckt.

«Nein, die drei Männer sind nun Oma Ruschkas beste Freunde. Zu viert bereisen sie aktuell die Welt. Aber Menschenblut trinkt niemand von ihnen», erklärte Elenora.

«Jetzt weißt du auch, warum es für uns so schrecklich wäre, wenn wir Menschenblut trinken würden. Wir würden uns in Monster verwandeln und das Geheimnis um die Existenz der Vampire gefährden», fügte Wladimir hinzu.

«Es gibt aber auch Vampire, die sind daran interessiert, dass die Menschen von ihrer

Existenz erfahren. Sie wünschen sich eine Welt, in der die Vampire über die Menschen herrschen», Elenora griff während ihrer Erklärung nach einem Glühwürmchen, dass friedlich seine Runden drehte und aß es. Dann fügte sie hinzu: «Natürlich ist es nicht so einfach, die Existenz von Vampiren zu verraten. Die Vampirsicherheitsfraktion, die VSF genannt, kümmert sich darum, dass diese vereinzelten Vampire das Geheimnis nicht verraten. Bei Verrat drohen auch schwere Strafen wie die Knoblauchpresse im Sarg beispielsweise oder auch eine hundertjährige Sargruhe.»

«Ich wette, Alistair ist auch einer von diesen Vampiren, die sich wünschen, die Menschen unterdrücken zu können», meinte Wladimir und kratzte sich nachdenklich am Kopf.

Runa saß mit halboffenem Mund da und starrte mit großen Augen ins Leere. Hinter ihnen raschelte es plötzlich im Busch.

«Was war das?», Elenora kniff die Augen zusammen und blickte suchend ins Gestrüpp. Wladimir stand auf und flog einmal um den Busch herum. «War wohl bloß eine Maus oder ein Eichhörnchen.»

«Ich sollte langsam nach Hause gehen. Ich habe morgen wieder Schule. Aber es ist zum Glück der letzte Tag vor den Herbstferien», sagte Runa, stand auf und gähnte herzhaft. Auch Elenora und Wladimir standen nun auf.

«Schule kennen wir, aber da waren wir schon seit einer gefühlten Ewigkeit nicht mehr.» Wladimir atmete erleichtert auf.

«Was macht ihr den so die ganze Zeit, wenn ihr nicht in die Schule geht?» Runa blickte Wladimir neugierig an.

«So dies und das halt. Manchmal lesen wir oder lernen eine neue Sprache. Ich kann schon neun Sprachen sprechen, aber nicht alle fließend. Elenora spricht sechzehn Sprachen. Ich spiele oft auch mit meinem Pfeil und Bogen oder mache sonst irgendeine Sportart. Fechten lieben wir beide zum Beispiel. Am liebsten hängen wir aber einfach an Seilen ab oder sind halt eben hier im Park. Manchmal ist uns aber auch nur sterbenslangweilig.»

«Das kann ich mir vorstellen. Wenn man unsterblich ist, kann schonmal Langeweile aufkommen», seufzte Runa.

Elenora versuchte indes, sich Runa in der Schule vorzustellen. Ein solch sonderbares Mädchen hatte bestimmt viele Freunde. Sie verspürte einen Stich im Herzen, als sie bemerkte, dass sie gerne Runas Freundin sein würde, aber Runas Freunde alle den Tag mit ihr verbringen konnten - und das konnte sie als Vampir ja nicht.

Runa lächelte Elenora an, und, als hätte sie ihre Gedanken belauscht, sagte sie: «Für eine Hexe wie mich ist es schön, Freunde in der Nacht zu haben. Wir werden noch viele spaßige Momente miteinander erleben.» Sie schaute verträumt in die Ferne.

Wladimir sah Elenora fragend an. Elenora zuckte mit den Schultern. «Sie ist die Wahrsagerin.»

«Elenora, ich erkenne eine gewisse Wehmut in deinen Augen.» Runa sah ihr nun direkt in die Augen.

«Manchmal denke ich an die Sommertage vor der Verwandlung zurück. Ich vermisse den von der Sonne gewärmten Sand unter den Füßen und die kitzelnden Sonnenstrahlen.» Elenora strich sich eine Haarsträhne aus dem Gesicht und lächelte beim Gedanken an die Sommertage in ihrem früheren Leben.

«Der Sommer vermisst dich sicher auch», Runa hob ihren Besen hoch und streichelte sanft über den Besenstiel.

«Ich mag den Herbst am liebsten. Eingekuschelt in einer Decke auf dem Sofa sitzen, Tee trinken, Bücher lesen und danach mit den Herbstblättern um die Wette fliegen.»

«Ich mag am liebsten die Nacht und den Winter. Der Schnee glitzert besonders schön im Mondlicht. Aber wie gesagt, am liebsten mag ich die Nacht, dann sehe ich die Glühwürmchen am besten. Meine fliegenden Lieblingssnacks.» Wladimir lachte laut auf, schnappte nach einem fliegenden Glühwürmchen, nahm es in den Mund und biss herzhaft hinein.

«Sollen wir dich nach Hause begleiten?», fragte er, nachdem er hinuntergeschluckt hatte, und man sah ihm an, dass er Runa sehr gerne begleiten würde. «Weisst du, wir haben sowieso gerade nicht viel zu tun», fügte er eifrig hinzu.

«Es würde mich freuen, wenn ihr mich noch begleiten würdet», Runa lächelte, stieg auf ihren Besen und flog los. Sie flog nicht höher als zweieinhalb Meter. Die Vampire folgten ihr.

«Wladimir, das wäre die ideale Flughöhe für dich!», rief Elenora im Vorbeiflug ihrem Bruder zu und wich einem Strauch aus.

«Ja, die Höhe ist gut, aber das fühlt sich eher an wie Slalom zu fliegen, bei all den Tannen und Sträuchern, denen man hier ausweichen muss.»

«Ist doch auch gleich eine gute Flugübung!», rief Runa gegen den Fahrtwind. Wladimir wirbelte wie wild von links nach rechts und flog in rasantem Tempo.

«Du solltest deine Geschwindigkeit drosseln! Je schneller du fliegst, desto schwieriger ist es, nicht in etwas hineinzufliegen, wie du weißt», hörte er Elenora, die er hinter sich gelassen hatte, rufen.

«Ich kann nicht langsamer fliegen, ich kann nur versuchen, schneller auszuweichen», rief er seiner Schwester zu und schaute zu ihr nach hinten.

«Achtung, Brückenpfeiler!» Elenora blickte erschrocken zum Brückenpfeiler vor ihnen. Wladimir sah nach vorne und schaffte es in letzter Sekunde auszuweichen, allerdings nicht, ohne an Höhe zu verlieren.

«Ich werde immer besser!» Er atmete erleichtert aus, hob seinen Daumen erfreut hoch und sah lachend zu Runa und Elenora, ehe er in der nächsten Sekunde lautstark mit einem Hirsch zusammenprallte, der vor Schmerzen laut aufschrie.

Wladimir lag auf dem Boden und hatte alle Viere von sich gestreckt. Der Hirsch war völlig aufgebracht, erhob sich mühselig und ging mit dem Geweih auf ihn los. Was der Hirsch nicht wusste, war, dass Wladimir ein Vampir war. Wladimir schoss blitzschnell in die Höhe und streckte dem verdutzt dreinschauenden Tier die Zunge raus.

«Naja, Wladimir, das ist nun aber ganz schön gemein, schließlich bist du in ihn reingeflogen.» Elenora schüttelte den Kopf.

Runa flog zum Hirsch hin und streichelte ihm sanft über die Schnauze. Der Hirsch wurde ruhig und sah Runa neugierig an. «Zum Glück ist dir nichts passiert», flüsterte sie ihm zu und ergänzte etwas lauter: «Und wie ich sehe, bekommst du jeden Moment Besuch.» Sie schaute zufrieden vor sich hin lächelnd in die Dunkelheit des Waldes.

Die Vampirgeschwister folgten ihrem Blick, konnten aber nichts erkennen. Doch Runa schaute weiterhin unablässig in die Dunkelheit. Plötzlich kam zwischen den Tannen eine Hirschkuh hervor. Mit sanften Schritten näherte sie sich dem Hirsch und blieb dann abrupt stehen, als sie die drei Kinder bemerkte.

«Wir sollten die beiden nun in Ruhe lassen», sagte Runa und hob ihren Besen hoch. Sie lächelte dem Hirsch noch einmal zu und flog dann los.

Wladimir und Elenora schauten sich an und folgten Runa. Sie flogen weiterhin nur wenige Meter über dem Boden und wichen den Tannen und Sträuchern aus. Wladimir flog nun etwas langsamer. Die Bäume wurden allmählich weniger, bis sie an eine Lichtung gelangten. Mitten in der baumfreien Fläche stand ein altes, windschiefes Holzhaus. Vor dem Haus befand sich ein verwilderter Garten und ein großer Weiher. Das ganze Grundstück war umzäunt und ein schöner Torbogen mit Rosen schmückte den Eingang.

«Wir leben seit so vielen Jahrhunderten hier, aber dieses Haus habe ich noch nie gesehen», sagte Wladimir und landete erstaunlicherweise souverän neben den beiden Mädchen.

«Home sweet home», flüsterte Runa und lächelte die Vampire an.

«Du lebst aber nicht alleine hier, oder?», fragte Elenora.

Die Vorstellung, allein im Wald leben zu müssen, stimmte sie traurig. Sie lebte so lange schon mit ihrer Vampirfamilie oder mit ihrem Vampirrudel, wie ihr Vater Vladim seine Familie manchmal liebevoll nannte, zusammen, dass sie sich gar nicht mehr vorstellen konnte, ohne die anderen zu leben.

«Nein. Ich lebe mit meinem Onkel Ansgar hier», gab Runa zur Antwort.

«Warum nicht mit deinen Eltern?» Wladimir sah sie neugierig an.

«Weil die beiden, als sie herausgefunden haben, dass ich eine Hexe bin, nichts mehr mit mir zu tun haben wollten. Da war ich sieben Jahre alt.» Runa sah traurig ins Leere. «Mein Onkel hat mich dann aufgenommen. Ich fühle mich wohl bei ihm. Er lässt mich eigentlich machen, was ich will, solange ich meine Aufgaben in der Schule gewissenhaft erledige. Er ist ein Tagmensch und ich bin definitiv eine Nachteule. Also sehen wir uns gar nicht so oft. Ab und an helfe ich ihm in seiner Bücherei aus. Er verkauft antiquarische Bücher. Seine Bücherei befindet sich im Städtchen Kotoinen. Er wollte aber nicht dort leben, wo er arbeitet, sondern etwas außerhalb. So sind wir in einer Waldlichtung zwischen Siebenbürgen und Kotoinen gelandet.» Runa strich sich verstohlen die

Tränen aus den Augen und sah Elenora und Wladimir dann mit ernstem Blick an, so als wolle sie die beiden in ein gut gehütetes Geheimnis einweihen.

«Ansgar, mein Onkel, ist ein Hexer und beherrscht die Magie wie kein Zweiter. Oder zumindest kenne ich niemanden, der so gut zaubern kann wie er. Blöderweise ist seine Zauberkraft aber auf die der Sonne ausgelegt und meine auf die des Mondes. Bei mir war Vollmond, als ich meine Zauberkraft das erste Mal entdeckte, und bei ihm schien die Sonne. Je nachdem, wann das erste Mal die Magie zum Vorschein kommt und ob dann der Mond am Himmel leuchtet oder die Sonne scheint, bekommt man entweder die Gabe der Mondmagie oder die der Sonnenmagie. Deshalb kann er mir eigentlich gar nicht so viel beibringen, weil nur die Grundsteine unserer Magie dieselben sind, die Zauberkraft aber anders umgesetzt werden muss. Das ist auch der

Grund, weshalb viele meiner Zauber noch schiefgehen. Ich muss mir ganz vieles selber beibringen. Aber Übung macht den Meister.» Sie lächelte tapfer. «Dafür kann ich als Mondhexe in der Nacht besonders gut sehen, wie ihr vielleicht bemerkt habt.»

Wladimir und Elenora nickten beipflichtend.

«So, nun muss aber auch die Nachteule schlafen gehen», Runa gähnte herzhaft, schwang sich auf den Besen und hob ab.

«Gute Nacht, Runa», sagte Elenora und Wladimir winkte zum Abschied.

«Wir sehen uns bald», sagte Runa und flog los.

Beim Haus angekommen, stellte sie ihren Besen neben die Haustüre, trat ein und schloss hinter sich zu.

«Woher will sie wissen, dass wir uns bald wieder sehen werden?», fragte Wladimir und sah Elenora verdutzt an.

«Sie sieht so vieles, von dem wir nichts wissen», meinte Elenora.

«Oder noch nichts wissen», verbesserte Wladimir.

«Wer weiß. Komm, lass uns noch ein paar Glühwürmchen fangen, bevor die Sonne aufgeht.»

Wladimir nickte zur Antwort. Sie stießen sich vom Boden ab, sausten blitzschnell hoch in die Luft und flogen in Richtung Burg.

Das Fechtturnier

«Ich habe einen Mordshunger», sagte Elenora, kaum waren sie und Wladimir im Burghof angekommen.

«Ich auch, trotz all der Glühwürmchen!»

Sie liefen durch die modrigen Burggänge und stiegen die lange Steintreppe hoch, die ins obere Geschoss führte.

«Dass dir von all den Glühwürmchen noch nicht schlecht ist, ist auch nur der Tatsache zu verdanken, dass du ein Vampir bist», scherzte Elenora.

«Ich würde andernfalls ja wohl kaum Glühwürmchen essen.»

«Da wäre ich mir bei dir nicht so sicher», sagte sie und zwinkerte ihm zu.

Wladimir öffnete die Holztüre zu ihrem Zimmer. «Ich mir auch nicht bei mir», schmunzelte er und lächelte vor sich hin.

«Papa hat den Blutvorrat in der Kühltruhe im Keller frisch aufgefüllt. Ich hol mir mal zwei Beutel Wolfsblut», sagte Elenora.

«Die Beutel hätten wir auch vorher holen können, als wir noch unten waren», murrte Wladimir.

«Stimmt, wäre einfacher gewesen als erst hoch zu laufen, nur um dann wieder runter zu müssen», antwortete Elenora und verdrehte die Augen.

«Jetzt funktioniert unser Hirn schon nicht mehr richtig vor lauter Hunger», murmelte Wladimir und fügte hinzu: «Kannst du mir bitte drei Beutel Bär mitbringen? Ich mag heute nicht noch auf die Jagd.»

«Natürlich», gab Elenora zur Antwort und swuschte in den Keller.

Wladimir machte es sich in seinem Sarg gemütlich und schloss den Sargdeckel.

Er döste gerade seit einigen Minuten friedlich vor sich hin, als jemand kräftig auf seinen Sargdeckel klopfte.

Er öffnete die Augen und stieß den Deckel hoch. Wie gerne hätte er noch in Ruhe etwas weitergedöst!

«Bitteschön, dreimal Bän», sagte Elenora und schmiss die Beutel mit dem frischen Blut auf Wladimirs Bauch.

«Dankeschön!» Er setzte sich auf, griff sich den ersten Beutel und schlürfte ihn in hastigen Schlucken leer, um dann den zweiten und dritten Beutel genüsslich zu trinken.

Elenora hing sich kopfüber ans Drahtseil und trank mit einem pinkfarbenen Strohhalm aus ihrem Blutbeutel.

«Sag mal, möchtest du nicht auch mal wieder auf die Jagd?», fragte Wladimir.

«Nein. Es ist schon fürchterlich genug, dass ich Tierblut zum Überleben trinken muss, dann möchte ich nicht noch jagen müssen.»

«Hast du keine Angst, dass dein Jagdinstinkt verkümmert?» Wladimir sah neugierig zu seiner Schwester.

«Na und wenn schon, ich habe ja Papa, Mama, Tante Eudora und im Notfall sogar

Cousin Edmund oder dich. Ambrosia ist sich zu fein für die Jagd und Onkel Victor ist so ein Schussel, der verjagt die Tiere, bevor er dazu kommt, sie zu erlegen. Das sind dann eher Glücksfälle, wenn er eines erlegen konnte.»

«Das Tier ist vermutlich dann aber nur indirekt von Onkel Victor erlegt worden. Ich vermute nämlich schon länger, dass er die Tiere einfach zu Tode erschreckt, weil er schimpfend von einem Ast stürzt oder lautstark gegen einen Baum fliegt», meinte Wladimir schmunzelnd.

Elenora lachte laut auf.

«Ist dir noch nie aufgefallen, dass er immer nur die besonders schreckhaften Tiere wie Rehe oder Kaninchen nach Hause bringt?», fuhr Wladimir fort.

Elenora prustete vor Lachen ihr Wolfsblut aus dem Mund.

«Ich stelle mir das gerade bildlich vor», sagte sie, nachdem sie sich von ihrem

Lachanfall erholt hatte, und wischte sich das Blut vom Mund und den Kleidern.

Wladimir stand in seinem Sarg auf und schmiss die leeren Blutbeutel in ein schwarzes Loch in der Zimmerwand, von wo aus die leeren Beutel direkt in der Blutbeutelsammelstelle im Keller landeten.

Er fuhr sich durch die Haare und schaute fragend ins Leere. «Als Vampire müssten doch auch die Reflexe von mir und Onkel Victor genügend gut ausgeprägt sein, dass wir nicht in Bäume fliegen oder von Ästen fallen. Oder etwa nicht?»

«Das ist doch vermutlich wie mit den Talenten», sagte Elenora, während sie am Drahtseil hin und her schaukelte. «Einige sind besonders gut in Sport, andere sind dafür musikalisch und wieder andere sind besonders gut darin, Essen zu verwerten.» Sie zwinkerte Wladimir zu. Er lächelte. «Ja, so wird es sein.»

«Wollen wir Cousin Edmund im Fechten besiegen? Das wird ihn wieder ärgern», grinste Elenora, sprang mit einem galanten Vorwärtssalto vom Seil und landete sanft auf dem Boden.

«Ist er am Fechten?», fragte Wladimir.

«Ja, als ich vorhin unsere Blutbeutel geholt habe, habe ich gesehen, dass er gerade gegen Ambrosia fechtet, aber der war anzumerken, dass sie bald keine Lust mehr hat und lieber wieder ihrer Schönheitsruhe nachgehen möchte.»

«Na dann, nichts wie los!»

Sie swuschten aus dem Zimmer, die lange Steintreppe hinunter und direkt in den Turnsaal.

«Ach, ihr Schätzelchen kommt wie gerufen!» Tante Ambrosia sah erleichtert zu den Vampirgeschwistern und strich ihre braunen, hoch toupierten Haare vorsichtig zurecht. «Ihr dürft mich gerne ablösen und gegen Edmund antreten.»

«Was für ein glücklicher Zufall», zwinkerte Wladimir und lächelte Ambrosia an. Ambrosia lächelte zurück und swuschte aus dem Turnsaal.

«Sie konnte es wohl kaum erwarten», murmelte Elenora, lief zu ihrem Spind und holte ihre Fechtausrüstung heraus.

Wladimir stand neben ihr und kämpfte noch mit seiner Spindtür. «Die klemmt schon wieder», stöhnte er genervt, während er gewaltsam versuchte, die Tür zu öffnen.

Edmund trat heran und sah dem Schauspiel amüsiert zu, während er an seinem Blutbeutel nippte und in seine Gedanken abschweifte. Cousin Edmund war gross, schlank und muskulös. Er hatte hellbraune Augen und kupferfarbene Haare. Jeder seiner Bewegungen schien überlegt. Er wirkte elegant, in allem, was er tat, und er verstand es, die Menschen in seinen Bann zu ziehen. Er ging aktuell an die nahegelegene Universität, besuchte dort die Abendlesungen und mimte den Ewigstudent. Was seine Professoren und die Studentenschaft aber nicht ahnten, war, dass er dort auch ewig studieren könnte. Natürlich wusste das aber niemand. Es durfte schließlich niemand erfahren, dass er und der Rest seiner Familie Vampire waren. Sein Onkel Vladim hatte ihn, wie auch Elenora und Wladimir, deswegen oft ermahnt; es war also nur eine Frage von ein paar Jahren, bis er die Universität wieder verlassen musste. Vielleicht würde er dann irgendwo in einem fernen Land einer Arbeit nachgehen.

Momentan aber fühlte Edmund sich sehr wohl in seiner Rolle als Student. Die Lehrer und auch die Stundentinnen und Studenten erlagen seinem Charme regelmäßig und er genoß es, begehrt und beliebt zu sein. Elenora und Wladimir konnten das nachvollziehen. Wären sie auch im Alter von dreiundzwanzig Jahren verwandelt worden und hätten ein solch charmantes Wesen wie Edmund, dann hätten sie es wohl nicht anders gemacht als er. Sie blieben aber auf ewig in ihren jüngeren Körpern und es blieb ihnen nichts anderes übrig, als nur in sehr großen zeitlichen Abständen, mal wieder in die Schule zu gehen. Würden sie ständig die Schulen der umliegenden Orte besuchen, würde wohl irgendwann auffallen, dass sie nicht altern konnten und das wiederum würde ihr Geheimnis gefährden. Die Vampirgesellschaft in Siebenbürgen hatte sich so eingerichtet, dass sie nicht ständig umziehen mussten und ihre wahre Natur dennoch unerkannt blieb.

Es lebten aber längst nicht mehr so viele Vampire in Siebenbürgen, wie das vor ein paar hundert Jahren noch der Fall war. Laut der letztjährigen Volkszählung waren es gerade mal sechsundfünfzig Vampire die überall verteilt in Siebenbürgen oder den umliegenden Karpaten einen festen Wohnsitz hatten. Eigentlich waren es sogar nur zweiundfünfzig Vampire: Oma Ruschka und ihre drei Freunde waren nämlich bei der damaligen Volkszählung auf Durchreise und zu Besuch bei Familie Etern. Sie wurden dann fälschlicherweise von einem unaufmerksamen Beamten mitgezählt.

Edmund wurde durch ein lautes Scheppern jäh aus seinen Gedanken gerissen. Wladimir war beim ruckartigen Öffnen seines Spinds in zwei Ritterrüstungen, die an der gegenüberliegenden Wand ausgestellt standen, gedonnert. Nun lag er da. Alle Viere von sich gestreckt, umgeben von silbernen Helmen, Armen und Beinen.

Elenora kam angerannt und starrte entsetzt erst zur offenen Spindtür und dann zu Wladimir.

«Immerhin ist sie ja jetzt offen», sagte sie dann und lachte laut auf.

Wladimir fluchte etwas Unverständliches vor sich hin und rappelte sich auf, während Edmund in Windeseile die beiden Ritter zusammengesetzt und ordentlich an ihren Platz zurückgestellt hatte.

«Na, hoffentlich bist du im Fechten nicht so ungeschickt wie beim Öffnen der Spindtür.» Edmund klopfte Wladimir auf die Schulter und lachte.

Wladimir stapfte verärgert an Elenora und Edmund vorbei. Seinen Degen schleifte er hinter sich her und die Spitze kratzte mit einem unangenehmen Klang am Boden entlang. Elenora und Edmund hielten sich die Ohren zu und folgten Wladimir ins Turnzimmer. Edmund stellte sich breitbeinig inmitten des Turnzimmers und schwang sein Florett in der Luft. Elenora flog mit ihrem Degen in der Hand elegant zu ihm hin und nahm die Fechtstellung ein. Edmund tat es ihr gleich.

Wladimir, der immer noch verärgert über sein Missgeschick war, warf seinen Degen in die Ecke, flog etwas unbeholfen in die Höhe und hing sich kopfüber an das quer durchs

Turnzimmer gespannte Drahtseil. Die Hände steckte er in die Hosentasche.

«Wie immer bitte nur Vampirfechten und auf den ersten Punkt. Sonst dauert es wieder Tage!», rief er ins Turnzimmer.

Früher veranstalteten die Vampire Fechtturniere. Da ihre Reaktionen aber dermaßen schnell waren, dauerten die Kämpfe teilweise mehrere Tage an. Deshalb entschieden sie sich irgendwann dazu, vampirische Kurzgefechte auszutragen, bei denen man beim Erreichen eines Punktes gewonnen hatte. Auch solche Kurzgefechte mit ihren eigenen vampirischen Regeln konnten sich manchmal über Stunden hinziehen.

«So, möge die Bessere gewinnen!» Wladimir zwinkerte seiner Schwester zu. Elenora lächelte zurück. Sie kämpfte wie Edmund ohne eine Fechtmaske.

Sie begrüßten sich mit dem vampirischen Fechtgruss, einem kurzen, aber furchteinflößenden Fauchen, ehe sie sich ins

Gefecht stürzten. Elenora hatte einen guten Tag. Mühelos konnte sie die Angriffe von Edmund abwehren. Sie kämpften drei Stunden. Immer wieder war einer von beiden kurz davor, den ersten gewinnbringenden Punkt zu erzielen. Wladimir hing voller Spannung am Seil ab und schaute dem Geschehen mit offenem Mund zu. Ab und an entging Elenora den Angriffen von Edmund mit einem eleganten Rückwärtssalto. Als sie nach einem Zurückweichen mithilfe eines erneuten Rückwärtssaltos zum Angriff überging, hob Edmund in die Luft ab. Elenora folgte ihm. Er empfing sie lächelnd mit einem vorgetäuschten Angriff. Sie blieb an Ort und Stelle und rückte keinen Zentimeter zur Seite oder nach hinten.

«Edmund, wir wissen langsam alle, wenn du eine Finte machst», rief Wladimir.

Edmund war für eine Millisekunde durch Wladimir abgelenkt und Elenora griff an. Er reagierte blitzschnell und wehrte ihren Angriff ab. Elenora wich nach hinten. Edmund, überrascht über die blitzschnelle Reaktion, wich ebenfalls nach hinten und Elenora ging abermals in den Angriff über. Diesmal mit Erfolg. Wladimir klatschte und lachte laut auf.

Edmund gratulierte Elenora galant.

«Du bist ja in Topform. Dass du so schnell gewinnst, damit hätte ich nicht gerechnet. Magst du noch einmal gegen mich antreten, Cousine?»

«Belassen wir es bei meinem Sieg!» Sie warf ihre Haare nach hinten und schmunzelte stolz. «Außerdem ist es höchste Zeit ins Bett zu gehen, die Sonne geht bald auf.» Sie gähnte müde.

Wladimir und Edmund pflichteten ihr bei. Gemeinsam schlurften sie in ihre Grabkammer. Die anderen Familienmitglieder lagen bereits tief und fest schlafend in ihren Särgen. Onkel Victor schnarchte so laut, dass sein Sargdeckel sich bei jedem seiner

Schnarcher leicht anhob und erzitterte. Elenora konnte sich das Lachen nicht verkneifen und stieg in ihren Sarg.

«Guten Tag!», rief Wladimir, ehe er seinen Sargdeckel schloss.

«Guten Tag», antworteten Edmund und Elenora, ehe auch sie ihre Sargdeckel schlossen.

Fimselchen im Anflug

Verhexter Mist, das muss doch jetzt klappen!»

Runa gab ein blaues Pulver, das sie zuvor akribisch kleingemahlen hatte, in die grüne Flüssigkeit des schwarzen Topfs. Peng! Der eben noch leise vor sich hin blubbernde Topf sprang von der Feuerstelle hoch, krachte an die Steindecke und landete laut scheppernd auf dem Boden. Die grünliche Flüssigkeit lief über den Holzboden ihres Zimmers. Runa wischte einmal mit ihrer Hand durch die Luft und der Fußboden war wieder sauber. Schon seit Stunden war sie mit einem Zaubertrank beschäftigt, der einfach nicht gelingen wollte. Ihr Handywecker klingelte.

«Ach herrje, ich muss ja in die Bücherei», murmelte sie vor sich hin, nahm das Telefon vom Nachttisch und steckte es in ihren violetten Strickbeutel. Dann zupfte sie ihr dunkelgrünes Kleid und die dunkelblauen Strumpfhosen zurecht und steckte sich die Haare mit einer schwarzen Haarklammer hoch.

Sie rannte aus ihrem Zimmer, die Holztreppe hinunter, schlüpfte in ihre schwarze Stiefel, zog sich eine rote Jeansjacke über und verließ das Haus. Aufgeregt blickte sie um sich. Wo war denn nun schon wieder ihr Besen? Seit ihr vor ein paar Monden der Sauberwischenzauber misslungen war, musste sie in regelmäßigen Abständen ihren Besen suchen und nach ihm rufen. Denn anstatt dass er wie gewünscht einmal in der Woche den Dreck aus dem Vorhof zusammenkehrte, wischte er auf der Wiese und scheuchte Frösche aus dem Teich auf, düste durch den verwilderten Garten oder ums Haus herum.

«Beeesen!», rief Runa und stampfte einmal mit ihrem Fuss auf.

Ein paar Sekunden später raschelte es im Gebüsch neben dem Teich. Ein Frosch quakte erschrocken auf. Dann war es still.

«Wir haben keine Zeit um Verstecken zu spielen. Los, komm her, wir müssen zu Onkel Ansgar und ihm in der Bücherei helfen!»

Ihr Besen kam aus dem Gebüsch hervor. Er flog langsam und mit hängendem Stiel.

«Du brauchst jetzt nicht beleidigt zu sein. Wir können später noch Verstecken spielen», Runa streichelte liebevoll über den Stiel ihres Besens, stieg auf und flog los. Der Flug durch den Wald war traumhaft. Die Sonnenstrahlen schienen vereinzelt durch die Bäume hindurch und Runa glitt mit den Spitzen ihrer schwarzen Stiefel immer wieder durch die Herbstblätter am Waldboden. Sie liebte das Geräusch, das die Herbstblätter machten, wenn sie aufgewirbelt wurden. Sie näherte sich dem kleinen Städtchen Kotoinen.

Das Städtchen wurde von einem finnischen Durchreisenden namens Jesper Aleksanteri Vitta erbaut. Er hatte sich in die Gegend verliebt. Also baute er dort ein Städtchen, nannte es Kotoinen und lebte dort bis zu seinem plötzlichen Verschwinden. Der Stadtgründer war bekannt für sein freundliches Wesen. Er lebte allein und war in der Nacht häufig unterwegs in den Gärten. Er liebte Pflanzen. Besonders liebte er es, sie bei Vollmond zu betrachten. Mehr war nicht über ihn bekannt, außer dass er von allen gemocht wurde und ein anständiger Mensch war. Man wusste nicht einmal, was er gearbeitet hatte.

«Ding Dong», sagte Runa und betrat das Geschäft ihres Onkels.

«Guten Tag, kleine Nachteule. Hat dein Zauber noch funktioniert?» Onkel Ansgar kam ihr mit einem dicken braunen Buch in der Hand entgegen.

«Woher weißt du, dass ich gezaubert habe?»

Ansgar sah Runa milde lächelnd an. «Ich habe es gerochen, bevor ich das Haus verließ. Es roch nach Schwefel und eindeutig nach zu viel Nachtschattengewächs.»

«Ach, deshalb ist es mir nicht gelungen.»

«Was wolltest du denn überhaupt zaubern?»

«Ich möchte Freunde überraschen.»

«Soso, naja, dann räum doch bitte die Bücher ein, die neu gekommen sind. Es sind nicht viele. Dieses Buch hier gehört in die Sonnenecke.» Ansgar drückte ihr das dicke, braune Buch in die Hände. «Du solltest also noch genügend Zeit finden, dich in der hinteren linken Ecke umzusehen. Vielleicht findest du dort etwas, was für deinen Zauber nützlich sein könnte.»

«In der Sonnenecke?», fragte Runa.

Onkel Ansgar hatte sein antiquarisches Büchergeschäft nach verschiedenen Themen eingerichtet.

Er hatte eine Wissensecke, eine größere Abteilung für die Märchen, und eine Ecke für die Weltgeschichte. Weiter hinten, für die auserwählte Leserschaft, befanden sich zwei weitere Abteilungen: Die Abteilungen für Mond- und Sonnenmagie.

«Ja, in der Sonnenecke», gab er zur Antwort. Er lächelte sie an und seine blauen Augen strahlten. Seine Haare waren seit Kurzem ergraut. Unten waren sie rasiert und oben trug er sie mittellang und zu einem Pferdeschwanz gebunden. Er kleidete sich meist in Leinenhemden in dunkelgrün oder schwarz, genau wie seine Hosen.

«Ist gut», sagte Runa, packte sich den Rollwagen mit den neuen Büchern und begann sie einzuräumen. Sie liebte den Duft von Büchern. Manchmal kam sie auch einfach in die Bücherei, um es sich in ihrem roten Lieblingssessel mit einem Stapel Bücher und einer Tasse Tee am großen runden Fenster gemütlich zu machen.

Als Runa die Bücher für die Geschichtsecke eingeräumt hatte, sortierte sie drei weitere Bücher bei den Märchen ein. Bei der

Sonnenecke angelangt, musste sie auf die Leiter steigen, um das Buch, das ihr Onkel neu bekommen hatte, am richtigen Ort einräumen zu können. Als sie auf der Leiter stand, fiel ihr Blick auf ein dickes, in braunes Leder eingebundenes Buch. Auf dem Buchrücken war die Hälfte einer Sonne und die Hälfte eines Mondes abgebildet. Zwischen Sonne und Mond befand sich ein Spiegel und es wirkte so, als würden sich Sonne und Mond spiegeln. Fasziniert von diesem Bild nahm Runa das Buch in die Hände und stöberte durch die Seiten. Sie entdeckte eine Zeichnung, die eine Taschenuhr zeigte. Oberhalb der Uhr waren wieder die Sonne und der Mond mit dem Spiegel in der Mitte, daneben stand eine Notiz. Das mit Tinte geschriebene Gekritzel war allem Anschein nach alt. Sie runzelte die Stirn und wollte gerade anfangen zu lesen, als sie abrupt unterbrochen wurde.

«Und, hast du gefunden, was du gesucht hast?» Ihr Onkel stand neben der Leiter und schaute erwartungsvoll zu ihr hoch.

«Nein», murmelte Runa enttäuscht, legte das Buch zurück und stieg die Sprossen hinunter.

«Manchmal finden wir, was wir suchen, ohne zu wissen, dass wir es brauchen», sagte Ansgar und strich sich ein Haar aus dem Gesicht.

Runa presste die Lippen zusammen und wunderte sich über die rätselhaften Worte ihres Onkels. Er lächelte sie an und sagte: «Danke für deine Hilfe. Wenn du zuhause nochmals den Trank braust, dann nimm doch drei Margeritenblumen statt der Andenbeeren.»

Sie nickte und beobachtete verträumt die herumfliegenden Stäubchen in der Luft.

«Hast du eigentlich schon herausgefunden, wo die Fimselchen wohnen?» Runa sah gespannt zu ihrem Onkel.

Seine Bibliothek litt unter einem schlimmen Fimselchenbefall. Die kleinen fliegenden Fimselchen waren grau, puschelig und kaum größer als ein etwas zu groß geratenes Staubkorn. Zum Leidwesen Ansgars aßen sie am liebsten Buchstaben; am besten schmeckten ihnen die verschnörkelten Buchstaben.

«Nein, noch nicht», sagte Ansgar und fuhr sich durch seine grauen Haare. «Ich muss nochmal in die Märchen-abteilung. Dort finden sie die meisten verschnörkelten Buchstaben. Nicht, dass sie mir am Ende noch ganze Märchen wegessen.»

«Mach das. Vielleicht fliegen sie mal an mir vorbei, dann kann ich sie fragen, wo sie wohnen», sagte sie murmelnd und öffnete die Ladentür.

«Bis später!», rief sie ins Geschäft und zog die Tür hinter sich zu.

Sommer in dunkelster Nacht

Elenora und Wladimir lagen draußen vor der mit Efeu bewachsenen Burgmauer in zwei alten rostigen Liegestühlen und schlürften genussvoll an ihren Blutbeuteln.

Zwischen ihnen stand ein dritter Liegestuhl, in dem aber niemand lag.

«Sie sollte bald da sein. Ich habe ihr extra den roten Liegestuhl hingestellt, der rostet am wenigsten». Wladimir streckte seinen Kopf in die Höhe und schaute suchend den Nachthimmel ab.

«Du brauchst gar nicht so hoch oben nachzusehen, ob Runa im Anflug ist. Sie fliegt nur knapp über Boden.»

«Stimmt, alte Gewohnheit. Wir Vampire fliegen ja höher.»

«Fast alle, ja», meinte Elenora schmunzelnd und ergänzte: «Ich denke, die anderen Hexen fliegen auch höher. Runa fühlt sich beim Besenfliegen wohl einfach noch nicht so sicher.»

Die letzten paar Nächte hatten die beiden mit Runa verbracht. An einem Abend setzte sich Runa auf eine Schaukel, Elenora und Wladimir hielten links und rechts je ein Seil der Schaukel in der Hand und flogen mit einer wippenden Hexe in ihrer Mitte über die Parkanlage des verwilderten Friedhofs. Sie tauschten sie sich über ihre Leben als Vampire und als Hexe aus und Runa erklärte Elenora und Wladimir, dass sie nur mithilfe ihrer Kristallkugel in die Zukunft sehen könne und das nur ungenau.

«Am Abend, als wir uns kennenlernten und ich euch gesagt habe, dass wir uns bald wiedersehen würden, war das natürlich einfach ein Gefühl von mir und keine Wahrsagerei. Außerdem habe ich im

Moment leider gar keine Kristallkugel mehr. Ansgar möchte mir nicht schon wieder eine neue kaufen, was ich auch verstehen kann. Ich habe alleine in diesem Jahr schon versehentlich drei Kugeln zerdeppert. Aber ohne Kristallkugel kann ich unsere nächsten Abenteuer halt nicht vorhersehen», erzählte Runa.

Bei einem weiteren Treffen saßen sie zu dritt auf dem Besen und flogen dicht über dem Boden durch den Wald, setzten sich dann auf einen besonders dicken Ast einer Tanne, erzählten sich Witze und sangen Lieder. Zwei Nächte verbrachten sie in der Burg Schattenwalde. Dort zeigten sie Runa alle Räume, brachten ihr Grundwissen im Vampirfechten bei und durchstöberten die Bibliothek nach alten Büchern und Schauergeschichten. Runa konnte wunderbar und theatralisch vorlesen.

Für diesen Abend hatte Runa eine besondere Überraschung für die Vampire vorbereitet.

«Alle ihre Köpfe einziehen! Hexe im Anflug auf Kopfhöhe!» Wladimir zeigte lachend auf die heransausende Runa. Sie landete direkt vor den Vampirkindern. Herbstblätter stoben in die Luft. Runa nahm ihren Besen in die linke Hand und begutachtete neugierig die Liegestühle.

«Wofür habt ihr drei Liegestühle? Ihr seid doch nur zu zweit.» Runa deutete auf die drei Liegestühle vor ihr.

«Der rote Liegestuhl ist deiner, der ist nicht so rostig wie die anderen beiden», erklärte Wladimir.

«Wie lieb! Ich dachte schon, ihr erwartet noch Besuch.»

Wladimir und Elenora sahen sich verwundert an.

«Ja, dich haben wir erwartet», antwortete Elenora.

«Dann ist es ja gut, dass ich jetzt bei euch bin», sagte Runa und lächelte verträumt den Efeu an der Burgmauer an.

«Ihr wisst nicht zufällig, wo Fimselchen wohnen?», fragte sie nachdenklich und sah nun die Vampirgeschwister an.

«Was sind Fimselchen?» Elenora runzelte die Stirn.

«Die Buchhandlung meines Onkels hat einen schlimmen Fimselchenbefall. Die kleinen fliegenden Fimselchen sind grau, puschelig und kaum größer als ein etwas zu groß geratenes Staubkorn. Sie essen am liebsten Buchstaben. Am besten schmecken ihnen die verschnörkelten Buchstaben», erklärte Runa.

«Noch nie davon gehört. Vielleicht sollten sie mal Glühwürmchen probieren, Buchstaben schmecken doch sicher fad», sagte Wladimir schmatzend.

«Bist du schon wieder am Essen?», fragte Elenora.

«Natürlich! Wenn da so ein fetter Wurm vorbeikriecht, muss ich doch zugreifen.»

Elenora und Runa lachten laut auf.

«Dürfen wir dich mal in die Buchhandlung deines Onkels begleiten?»

«Selbstverständlich. Seine Buchhandlung ist wunderschön. Aber nun kommt, wir müssen noch ein Stück fliegen, bis ich euch eure Überraschung zeigen kann.»

«Oh nein, ich habe gehofft, heute müsste ich mal nicht fliegen ...» Wladimir zupfte seinen schwarzen Pullover zurecht und begutachtete seine Schuhe. «Diesen Flug sollten sie noch überstehen. Danach muss ich wohl schon wieder neue Treter besorgen.»

«Du solltest dringend mal fliegen lernen ohne ständig deine Schuhe durchzuscheuern.» Elenora verdrehte die Augen.

«Also, auf drei geht's los. Eins, zwei...», sagte Runa.

Aber Elenora befand sich schon lachend in der Luft. Wladimir wollte gerade losfliegen, als er stolperte und auf die Nase fiel. Runa lachte laut auf.

Wladimir hob seinen Kopf und sah sie verärgert an.

«Das Anfliegen solltest du auch noch verbessern», Runa zwinkerte ihm zu. Wladimir verdrehte dir Augen und rappelte sich murrend auf, dann hob er in die Luft ab und folgte seiner Schwester. Runa folgte ihm. Beide flogen aber nicht so hoch wie Elenora, sondern nur knapp zwei Meter über dem Boden.

«Wohin fliegen wir eigentlich?», rief Elenora zu ihnen hinunter.

«Zu mir nach Hause!», antwortete Runa.

Wladimir und Runa flogen im Slalom durch den Wald, Elenora hoch über den Tannen. Sie kam zuerst beim Haus an. Kurz danach trafen auch die anderen beiden ein.

«Herzlich willkommen. Kommt herein!» Runa zeigte auf den mit Rosen bewachsenen Torbogen. Sie gingen durch das Tor hindurch.

«Nun schließt eure Augen und gebt mir eure Hände», sagte sie zu den Vampirkindern, die nun mit geschlossenen Augen vor ihr standen.

Runa lief vorsichtig mit ihnen durch den Garten und blieb nach ein paar wenigen Schritten stehen.

«Ihr dürft eure Augen öffnen!»

Wladimir und Elenora standen staunend da. Vor Ihnen war der Weiher und Runa hatte drei Badetücher auf dem Boden ausgebreitet. Statt der Wiese befand sich überall Sand. Die Luft roch nach Sonnencreme und nach Sommer. Eine Schüssel mit leblosen und dennoch leuchtenden Glühwürmchen stand auf einem kleinen Holztischchen, das sich neben den Badetüchern befand.

«Setzt euch bitte hin!»

Elenora und Wladimir setzten sich auf die Badetücher und blickten fasziniert um sich. Runa stellte sich vor sie hin.

«Wladimir, für dich habe ich Glühwürmchen besorgt und ein selbstgemachtes, verzaubertes Pfeil-und-Bogen-Set. Du gehst ja so gerne Bogenschießen.» Runa hielt ihm feierlich das Set entgegen. «Den Pfeil habe ich so verzaubert, dass er über drei verschiedene Geschwindigkeitsstufen verfügt. Der ist super zum Trainieren»,

«Wow. Dankeschön», stammelte Wladimir und nahm das Geschenk entgegen.

«Jetzt zu deinem Geschenk, Elenora», sagte Runa, drehte ihnen den Rücken zu und lief zum Rande des Weihers. Sie hob ihre Hand, gestikulierte wild in der Luft herum und murmelte etwas Unverständliches vor sich hin. Wie aus dem Nichts erschienen drei hell leuchtende Monde über dem Weiher.

«Wow!», riefen die Vampire einstimmig.

«Dankeschön», sagte Runa verlegen. «Also eigentlich wollte ich ja eine Sonne zaubern, die eurer Haut nichts macht, weil du ja den Sommer so sehr vermisst, Elenora. Aber irgendwie ging der Zauber immer daneben. Ich hab es nicht einmal geschafft, eine Sonne zu zaubern, geschweige denn eine, die euch nicht zu Asche zerfallen lässt. Ich glaube es liegt daran, dass ich einfach noch nicht so gut zaubern kann. Vielleicht ist der Mond aber auch nicht in der Stimmung, um mir beim Hexen einer Sonne zu helfen, wer weiß», sagte sie missmutig.

«Ich liebe die drei Monde», sagte Elenora begeistert und fügte hinzu: «Es ist einfach wunderbar. Danke, Runa!»

Elenora war tief berührt. Da war nun plötzlich diese eine Freundin, die es schaffte, den Sommer in die dunkelste Nacht zu zaubern.

Sie swuschte von ihrem Badetuch zu Runa und umarmte sie.

Wladimir nickte anerkennend. «Vielen Dank, Runa, aber womit haben wir das verdient?»

«Wenn ich jemanden mag, dann zeige ich das gerne einfach so, ohne dass dafür ein Geburtstag oder sonst etwas Spezielles sein muss. Irgendwie ist ja jeder Tag etwas ganz Besonders, wenn man ihn mit denjenigen verbringen kann, die man mag - egal, ob

Mensch, Hexe oder Vampir.» Runa zwinkerte ihnen zu.

Elenora und Wladimir lächelten sie glücklich an.

«Für mich selber habe ich auch noch etwas», sagte Runa und setzte sich eine rote Brille mit halbmondförmigen Gläsern auf. «Die habe ich mir so gezaubert, dass ich damit auch in der dunkelsten Nacht sehen kann. Damit sehe ich sogar euere Flausen im Kopf.» Sie lächelte die Vampire an.

Wladimir lachte laut auf, als er Runa mit der Brille sah. Runa nahm die Brille wieder ab und sagte dann schmunzelnd: «Nein, war nur ein Spaß, ich brauche keine Brille, um gut im Dunkeln sehen zu können. Als Mondhexe sieht man, wie ihr schon wisst, sehr gut in der Dunkelheit. Die Gabe wird den Mondhexen zuteil, sobald sie ihre Magie entdecken.» Sie lächelte zufrieden vor sich hin und legte die Brille auf ihr Badetuch. Für einen Moment standen die drei schweigend da, dankbar über die neue Freundschaft.

«Was ich euch noch sagen wollte», unterbrach Wladimir die Stille und strich sich durch die Haare. Es schien ihm nicht einfach zu fallen weiterzusprechen. Er atmete tief ein und fuhr dann fort: «Nicht, dass es mich interessieren würde, aber vielleicht ja euch.»

«Mach es nicht so spannend, Wladimir», Runa sah ihn neugierig an.

«Euere Lieblingsband, diese Mistel Finken oder wie die auch immer heißen», sagte er und wurde von Runa unterbrochen. «Mystic Five meinst du?»

«Er weiß genau wie sie heißen. Er tut nur so, als ob er es nicht wüsste», sagte Elenora genervt.

«Ja, also diese Mystic Five», begann Wladimir abermals, «die kommen nach Lomisgarden.»

Lomisgarden war eine größere Stadt, die sich nah an Siebenbürgen befand.

«Waaas?!», riefen die Mädchen einstimmig. Sie nahmen sich bei den Händen und hüpften auf und ab. «Da müssen wir hin!», kreischte Runa.

«In die vorderste Reihe!», rief Elenora freudig.

«Das Problem ist ...», sagte Wladimir und sah seine Schwester mitleidig an. Elenora und Runa blieben mitten in ihrem Freudentanz stehen und starrten ihn an. «... dass das Konzert schon um sieben Uhr abends beginnt. Dann haben wir immer noch ein bisschen Sonnenlicht. Sie spielen leider im Sonnenwaldstadion und nicht in der Burghalle. Das Stadion hat leider kein Dach.»

«Ufff», meinte Elenora. Das versetzte ihrer freudigen Stimmung einen massiven Dämpfer.

«Die meisten Bands spielen doch in der Burghalle. Im Sonnenwaldstadion finden mehr die klassischen Konzerte oder Theateraufführungen statt. Wieso spielen die dort?» Runa sah fragend in die Runde.

Wladimir zuckte mit den Schultern und Elenora sah enttäuscht zu Boden.

«Wenn nur vereinzelt Sonnenstrahlen auf dich fallen, passiert dir dann auch was?» Runa sah gespannt zu Elenora.

«Noch nie Vampirfilme gesehen?», fragte Wladimir.

Runa sah verlegen zu Boden.

Einen Moment lang schwiegen alle.

Runa spielte mit einer ihrer Haarsträhnen. «An welchem Tag ist das Konzert?»

Wladimir presste die Lippen zusammen und antwortete: «In drei Tagen schon. Erst heute wurde es bekanntgegeben. Habe ich im Radio gehört. Es ist ein Extrakonzert.»

Einen Moment lang sah Runa nachdenklich in die Ferne und rief dann erfreut: «Ich hab's!»

«Was hast du?», Wladimir runzelte neugierig die Stirn.

«Wir brauchen einen Plan», antwortete Runa.

Von Menschen und Vampiren

Elenora saß mit nachdenklichem Blick in ihrem Sarg und kaute an ihren Fingernägeln. Wladimir hing über ihr am Drahtseil. Er schaukelte mit ernster Miene hin und her. Runa saß im Schneidersitz auf ihrem Besen, der ungefähr einen Meter über Boden schwebte. Sie blickte in die Ferne. Seit fast zwei Stunden waren die drei nun schon so im Zimmer der Vampire und dachten angestrengt nach. Da Runa keinen Computer zuhause hatte, entschied die Gruppe, die Recherchen bei den Vampiren zu tätigen.

Den Großteil der Zeit hatten sie vor dem Computer von Elenora und Wladimir verbracht und im Internet vergebens nach Lösungen gesucht.

«Rudelmitglieder!» Vater Vladim stürmte ins Zimmer. Runa fiel vor Schreck fast vom Besen. Vladim erstarrte mitten in seinem hektischen Gang. Er zeigte erschrocken auf Runa. «Da iiist eeeiiin Meeensch», stotterte er.

Elenora swuschte zu ihrem Vater und klopfte ihm liebevoll auf die Schulter.

«Naja, genauer gesagt eine Hexe, Papa», erklärte sie ihm. Vladim griff sich verdutzt an den Kopf, lief zu Elenoras Sarg und legte sich hinein. Ohne ein Wort zu sagen, starrte er an die Zimmerdecke zum kopfüberhängenden Wladimir. Der starrte schelmisch zurück und lächelte ihn süffisant an. «Du willst mir jetzt nicht etwa sagen, dass du Angst vor Hexen hast, Papa?», fragte er seinen Vater sichtlich amüsiert. «Sie müssen keine Angst vor mir haben», meinte Runa. Sie trat vorsichtig einen Schritt näher an Elenoras Sarg hin und fügte beruhigend hinzu: «Selbst, wenn ich wollen würde, dann könnte ich ihnen nichts antun. Dafür zaubere ich viel zu schlecht.»

«Das beruhigt mich jetzt», antwortete Vladim ironisch. Dann erhob er sich aus dem Sarg, atmete tief ein um Mut zu sammeln und swuschte dann zu Runa hin, um sie kritisch zu beäugen.

«Glaube mir, Papa, sie kann echt nicht gut zaubern», sagte Wladimir.

«Dankeschön», antwortete Runa gespielt entrüstet.

Mama Celeste schwebte elegant ins Zimmer. Sie roch nach Lavendel und trug ein braunweißes geblümtes Kleid mit langen Trompetenärmeln.

«Meine Mohnblume, nun sieh dir das an! Eine Hexe!» Entsetzt zeigte Vladim abermals auf Runa.

«Oh, wie schön. Herzlich Willkommen in unserem gemütlichen Zuhause», sagte Celeste zur Begrüßung und streckte Runa erfreut die Hand entgegen.

Es schien ihr überhaupt nichts aus-zumachen, dass da ein Mensch im Zimmer ihrer beiden Vampirkinder stand. Runa reichte Celeste die Hand, ohne einen Ton herauszubringen. Dann ließ sie die Hand los und sah hilfesuchend zu Elenora.

Elenora merkte, dass Runa Angst hatte, stellte sich neben sie und stupste sie liebevoll in die Seite.

«Keine Angst! Wie gesagt, wir ernähren uns ausschließlich von Tierblut. Wir alle!» Sie sah zu ihren Eltern und dann zu Runa.

Runa lächelte und atmete aus.

«Was essen den Hexen?», fragte Vladim neugierig und trat einen Schritt von Runa weg.

«Die essen Vampire», gab Runa, die wieder ihren Mut gefasst hatte, zur Antwort und schaute ihn gespannt an.

Vladim lachte laut auf. Sein Unbehagen schien wie weggeblasen zu sein.

«Hexe, du passt zu uns!», sagte er laut und klopfte Runa auf die Schulter.

«Das war sowas wie eine Feuerprobe, die du bestanden hast», flüsterte Elenora Runa ins Ohr und zwinkerte.

«So, nun lass doch das arme Mädchen in Ruhe, Vladim, du machst ihr ja noch Angst.» Celeste schüttelte den Kopf und schnalzte mit der Zunge.

«Wie du siehst, ist sie nicht auf den Mund gefallen», entgegnete Vladim amüsiert und klopfte Runa erneut auf die Schulter.

«Wenn du ihr weiterhin auf die Schulter klopfst, fällt sie noch auf die Nase», meinte Wladimir ernst.

«Entschuldigung, Hexe. Ich hoffe, ich habe dich nicht verletzt.»

«Kein Problem. Ich heiße übrigens Runa.»

«Freut mich, Hexe, ich bin Vladim, der Papa von diesen beiden Vampirzähnchen da», sagte er und zeigte auf Elenora und Wladimir.

«Das hat sie wohl mitgekriegt, Papa!» Wladimir verdrehte die Augen.

«Ich wollte es nur mitteilen, mein Wladiflugi»

«Nenn mich nicht so!» Wladimir warf seinem Vater einen wütenden Blick zu. Eigentlich mochte er es, wenn er Wladiflugi genannt wurde, aber vor Runa war es ihm peinlich.

«Komm, lassen wir die Kinder», sagte Celeste, nahm Vladim liebevoll am Arm und flog mit ihm zur Tür. An der Türschwelle drehte sie sich nochmals um und sagte an Runa gewandt: «Es war mir eine Freude, dich kennenzulernen.»

«Ganz meinerseits!»

«Für mich war es auch eine Freude, Runa.» Vladim deutete eine Verbeugung an und folgte Celeste aus dem Zimmer.

«So, nun kennst du unsere Eltern.» Elenora lächelte peinlich berührt.

«Wartet nur, bis ihr meinen Onkel Ansgar kennenlernt», sagte Runa aufmunternd.

«Nun zurück zu unserem Plan!» Elenora zupfte nervös an einem der schwarzen Fledermausärmel ihres Strickpullovers.

«Gehen wir mal davon aus, dass wir bestimmt nicht die ersten Vampire sind, die auch am Tag nach draußen gehen möchten, dann finden wir die Lösung wohl kaum im Internet. Da müsste doch eher etwas in älteren Schriften zu finden sein», dachte Elenora laut.

«Hat nicht dein Onkel eine antiquarische Bücherei?», fragte Wladimir an Runa gewandt.

«Ja. Ich habe auch einen Ersatzschlüssel.»

«Dann nichts wie los, was meint ihr?» Elenora sah gespannt in die Runde.

«Klingt nach einem Plan», antwortete Wladimir. Runa nickte.

«Na dann, auf! Los geht es», meinte Elenora, stieß sich mit den Füßen vom Zimmerboden ab und flog aus dem offenen Burgfenster in die Nacht hinaus, dicht gefolgt von Runa und Wladimir.

«Das ist ja alles staubig und müffelt», sagte Wladimir, nachdem er die antiquarische

Bücherei betreten hatte. Er sah sich um und rümpfte die Nase.

«Es befinden sich auch hauptsächlich alte Bücher hier; wobei ich nicht glaube, dass sie so alt sind wie du.» Runa stupste Wladimir liebevoll in die Seite.

«Willst du mir damit etwas mitteilen?» Er roch verstohlen an seinem Pullover.

Runa ignorierte seine Frage und zauberte mit einer Handbewegung Bücher aus verschiedenen Regalen. Die Bücher flogen durch die Luft und landeten auf dem runden Holztisch, um den sich die drei versammelt hatten. «Wenn wir etwas finden sollten, dann in einem dieser Bücher.»

«Warum?» Elenora sah neugierig zu Runa.

«Weil ich alle Bücher hergezaubert habe, die zum Thema passen könnten.»

«Dann lasst uns beginnen», sagte Wladimir motiviert, packte drei der Bücher, flog mit ihnen hoch und machte es sich auf einem Bücherregal gemütlich. Dort legte er sich auf den Rücken und durchsuchte das erste Buch nach hilfreichen Informationen.

Elenora und Runa nahmen sich ebenfalls mehrere Bücher und setzten sich an den runden Tisch. Eine ganze Weile verging, ohne dass gesprochen wurde. Sie waren vertieft in ihre Recherche. Wladimir drehte sich ab und an auf den Bauch. Ansonsten war nur das Geräusch von Buchseiten, die umgeblättert wurden, zu hören.

«Wisst ihr, ich glaube, die Schauplätze der Bücher existieren tatsächlich. Sie sind zu finden in den Herzen aller Leser, die es lieben, sie in Gedanken zu bereisen», sagte Runa plötzlich gedankenverloren. Sie hatte ihren Kopf zwischen ihren Händen abgestützt und wirkte müde.

«Mag sein», murmelte Wladimir und gähnte. «Wie lange suchen wir schon?», fragte er und sah sich nach einer Uhr um.

«Oh, ein Fimselchen!», rief Runa. Sie schien wieder wach zu sein, stand auf und rannte hinter dem Fimselchen her. Elenora glaubte, ein Kichern von dem kleinen puscheligen Ding zu vernehmen. Das Fimselchen flog geradeaus und stieg dann etwas höher in die Luft. Runa versuchte es im Sprung zu fangen, aber es gelang ihr nicht. Sie griff nur ins Leere.

«Na warte, dir zeig ich es!», rief sie, schnappte sich aufgebracht ihren Besen und verfolgte das vor ihr herfliegende und nun laut hörbar kichernde Fimselchen.

«Es macht sich einen Spaß daraus von dir verfolgt zu werden!», rief Wladimir Runa hinterher.

«Na, was denkst du, wer gewinnt das Rennen? Ich setze klar auf das Fimselchen.» Wladimir rieb sich gespannt die Hände.

«Ich wette dagegen», antwortete Elenora und konnte sich gerade noch rechtzeitig ducken. Runa flog haarscharf über ihren Kopf hinweg.

«Entschuldigung!», rief Runa und verfolgte weiterhin das Fimselchen, das nun in den hinteren Teil der Bibliothek sauste. Runa rief dem Fimselchen unverständliche Worte hinterher. Dann war es plötzlich einen Moment lang still.

«Was macht sie bloß?», fragte Wladimir. Er swuschte vom Bücherregal hinunter zu seiner Schwester hin und setzte sich auf einen der freien Stühle.

«Ich hab's! Also nicht das Fimselchen, aber das Buch», erklang die Stimme von Runa aufgeregt, von der anderen Seite der Bücherei. Wladimir warf Elenora einen fragenden Blick zu. Elenora zuckte ratlos mit den Schultern.

«Ich habe das Buch letztens schonmal angeschaut, aber natürlich nicht mehr daran gedacht, zumindest bis gerade eben!», rief Runa und schoss blitzschnell mit ihrem Besen nach vorne. In der Hand hielt sie das dicke, braune Buch. Sie legte es auf den Tisch. Alle drei standen nun um den Tisch versammelt und starrten auf das Buch.

Runa nahm das Buch in die Hände, blätterte es durch, stoppte auf einer der Buchseiten und zeigte auf die Abbildung mit Sonne und Mond, getrennt durch einen Spiegel. Sie las vor:

Die Sonnenuhr in der Tasche schenkt neue Zeiten und die Nachtschattengewächse überleben auch den Tag.

Die drei runzelten die Stirn. Wladimir kratzte sich nachdenklich am Kopf. «Was soll das bedeuten?» Er sah fragend von Runa zu Elenora.

«Ich weiß es nicht. Aber seht euch das mal an!» Runa blätterte zur nächsten Seite um, die sie vorhin angefangen hatte zu lesen, und zeigte den Geschwistern die Zeichnung des Vampirs, der unter der Sonne stand und eine Taschenuhr in der Hand hielt mit einer Abbildung der halben Sonne, der

Mondhälfte und dem Spiegel. Daneben stand der Titel:

Die Geschichte der sieben Lieben

«Irgendwie kommt mir die Uhr, die der Vampir in der Hand hält, bekannt vor», sagte Wladimir stirnrunzelnd und schaute das Bild so genau an, dass er sich fast die Nase am Buch anstieß.

Elenora kaute wieder an ihren Fingernägeln und dachte angestrengt nach.

«Jetzt weiß ich es», schoss es plötzlich aus ihr heraus. Wladimir und Runa sahen sie gespannt an.

«Das ist dieselbe Uhr, die Papa von seinem Freund Ambrosius, dem Antiquitätenhändler, erhalten hat. Mehr weiß ich leider nicht darüber.»

«Vielleicht kann man mit der Uhr irgendeine Superkraft aktivieren, die mit der Sonne und dem Mond zu tun hat», überlegte Wladimir laut und lehnte sich im Stuhl zurück.

«Welcher Antiquitätenhändler ist denn das? Der neben dem großen Pavillon in der Stadt?», fragte Runa.

Das aus Schmiedeisen gefertigte Pavillon war das Herzstück in Kotoinen. Es war voller verschnörkelter Ornamente und bot Platz für ungefähr dreißig Personen. Besonders gern trafen sich dort Liebespaare. Sobald die Straßenlaternen bei Einbruch der Nacht angingen, leuchteten auch am Pavillon die Lichter. Bei festlichen Anlässen wurde er besonders schön geschmückt.

«Genau, der Antiquitätenhändler neben dem großen Pavillon», antwortete Wladimir auf Runas Frage.

«Wie heißt denn das Geschäft überhaupt? Ich habe mich noch nie darauf geachtet», fragte Runa weiter.

«Das heißt einfach «Der Antiquitätenhändler», sagte Elenora und fügte hinzu: «Für seine Kreativität ist Ambrosius ja nicht bekannt».

«Sein Geschäft hat nach Einbruch der Dunkelheit jeweils nur zwei bis drei Stunden geöffnet. Lasst uns doch morgen Abend, sobald es dunkel ist, zu Ambrosius gehen. Vielleicht kann er uns mehr über die Taschenuhr von Papa erzählen. Weil von Papa werden wir wohl kaum etwas über die Uhr erfahren, er hält sich bei diesem Thema bedeckt», sagte Wladimir, ehe er entschlossen aufstand und Runa mehrere Bücher entgegenstreckte: «Wo kann ich die verstauen?»

Runa murmelte etwas Unverständliches vor sich hin, gestikulierte dann mit den Händen und alle Bücher flogen an ihren angestammten Platz zurück.

Das letzte der Bücher, ein knalliges, rotes Buch, versuchte mitten in seinem Vorbeiflug umzudrehen und prallte mit voller Wucht in Wladimirs Schulter.

«Was soll das!», schrie er auf und starrte wütend zum Buch.

«Entschuldigung, ich habe mir fast gedacht, dass sich das rote Buch wieder sträubt, an seinen Platz zurückzukehren.»

«Was heißt da wieder?», raunzte Wladimir und rieb seine Schulter.

«Es ist das Buch mit dem Titel «Die grosse Anarchie», da könnt ihr euch ja denken, dass es seinen eigenen Willen hat.»

Elenora lachte laut auf und Wladimir rang sich zu einem Lächeln durch.

Elenora sah gespannt zu Runa: «Dann gehen wir alle mal nach Hause und treffen uns morgen Abend direkt vor Ambrosius Geschäft?»

«Das passt», antwortete Runa und lief aus der Bücherei, dicht gefolgt von Wladimir und Elenora. Kaum hatten sie die Türe hinter sich geschlossen, wehte ihnen eine frische Nachtbrise entgegen.

«Endlich frische Luft», sagte Wladimir. Er atmete erleichtert die frische Nachtluft ein.

Runa drehte den Schlüssel im Schloss und umarmte dann die Vampire.

«Guten Tag!», wünschte sie ihnen schmunzelnd.

«Danke, und dir eine gute Nacht!», antwortete Elenora.

«Komm gut nach Hause und grüß den Hirsch von mir, falls du ihm auf dem Rückweg begegnen solltest!» Wladimir lachte.

«Den armen Hirsch erinnere ich lieber nicht an dich», gab Runa lachend zur Antwort.

Sie winkte den beiden zu und flog in die Nacht. Auch Wladimir und Elenora traten den Rückflug zur Burg an.

Die Beschwerungsfledermaus

Elenora und Wladimir flogen nebeneinander her über die Parkanlage des Friedhofs.

«Da ist wieder Tante Eudora mit diesem schmierigen Alistair», sagte Wladimir an Elenora gewandt.

Elenora winkte ihm zu. «Schnell, verstecken wir uns. Ich möchte wissen, über was die beiden so sprechen», flüsterte sie und setzte zur Landung hinter einer breiten Tanne an.

Wladimir nickte ihr zu und landete drei Meter neben seiner Schwester.

«Treffsicherer gelandet als sonst», meinte Elenora. Die beiden versteckten sich hinter der Tanne.

«Alistair, schau mal diese wunderschöne *Cosmos atrosanguineus!*» Eudora blieb stehen und zeigte auf eine hübsche, rote Blume.

«Oder auch Schokoladen-Kosmee genannt - genauso süß wie du, meine liebe Eudora.»

«Bäh, dieser schmierige Typ», flüsterte Wladimir.

Tante Eudora lächelte und legte dann ihren Kopf schräg. Sie blickte konzentriert ins Leere und es sah aus, als würde sie etwas hören. Dann swuschte sie weg.

Nur wenige Sekunden später wurden Elenora und Wladimir am Rücken angestupst. Die beiden schluckten leer. Langsam drehten sie sich um und hatten schon eine Vermutung, wer da hinter ihnen stehen könnte. Ihr Verdacht wurde sogleich bestätigt. Als sie sich umgedreht hatten, sahen sie in das freundlich lächelnde Gesicht von Tante Eudora.

«Was macht ihr den hier hinter dem Baum? Ihr spioniert uns doch wohl nicht hinterher?», fragte Eudora.

Ihre Tante konnte nicht nur sehr gut hören, sondern auch besonders schnell swuschen.

«Ähm», begann Wladimir und geriet ins Stottern.

Elenora unterbrach ihn: «Natürlich nicht Eudora. Wo denkst du auch hin. Wir waren auf dem Weg zu dir und wollten dich fragen ...», sie überlegte eine Sekunde und fuhr dann fort: «... ob du Wladimir Flugunterricht geben könntest? Er fliegt, wie du weißt, immer wieder mal in etwas hinein ...» Sie lächelte Wladimir entschuldigend an. Wladimir war gar nicht erfreut über Elenoras Ausrede und brummte etwas Unverständliches vor sich hin.

«Natürlich, mein lieber Wladimir. Ich habe nur darauf gewartet, dass du endlich zu mir kommst und mich um Hilfe bittest. Ich berechne dir auch keine einzige Lektion. Schließlich gehörst du zur Familie und wenn du sicher fliegen kannst, ist mir das Lohn genug.» Eudora lächelte nett und tätschelte Wladimir an der Schulter.

Wladimir warf Elenora einen vernichtenden Blick zu, denn obwohl er Tante Eudora sehr mochte, hatte er gar keine Lust auf Flugunterricht.

«Ich wollte mich sowieso allmählich von Alistair verabschieden. Wenn du möchtest, dann können wir uns in ein paar Minuten auf dem Bergfried treffen. Du weißt doch, wo der ist?» Wladimir nickte entsetzt, denn der Bergfried war der höchste Hauptturm der Burg. «Ich soll von dem höchsten Punkt der Burg losfliegen?» Wladimir wurde noch blasser als er eh schon war und sah Elenora wütend an. Sie zuckte entschuldigend mit den Schultern.

«Alistair, ich muss Wladimir noch Flugstunden geben», sagte Eudora nun an Alistair gerichtet.

«Das verstehe ich sehr gut. Wir wollen doch nicht, dass sich der kleine Vampir verletzt», antwortete Alistair mit kalter Stimme, küsste Eudoras Hand und sah Wladimir gehässig an.

«Morgen um dieselbe Zeit, liebe Eudora? Die Treffen mit dir helfen mir durch die Nacht zu kommen und tagsüber gut schlafen zu können. Ich möchte mir gar nicht vorstellen, wie es wäre, dich nicht mehr sehen zu können», säuselte Alistair verliebt.

Eudora winkte ab. «Du hättest sicherlich auch mit anderen Begleitungen deine Freude an den Blumen. Nun muss ich los. Bis morgen, Alistair.»

«Dem geht es wohl kaum um die Blumen», flüsterte Wladimir Elenora ins Ohr.

«Bis morgen!» Alistair drehte sich um, nicht ohne den Vampirgeschwistern nochmals einen bösen Blick zuzuwerfen, und flog in die Nacht hinaus.

«Wo wohnt eigentlich dieser Alistair?», fragte Elenora, während sie Alistair beobachtete, wie er davonflog.

«Er lebt allein in der einzigen Gruft im Südfriedhof», antwortete Eudora und wandte sich dann Wladimir zu. «Beim nächsten

Glockenschlag in ein paar Minuten treffen wir uns auf dem Bergfried. Ich hole nur noch meine Flugtrainingsutensilien», erklärte sie ihm und flog los.

«Schönen Dank auch», raunzte Wladimir, als Eudora sich außer Hörweite befand und sah Elenora wütend an.

«Entschuldige, Bruderherz. Aber mir fiel auf die Schnelle keine bessere Ausrede ein. Wir hätten wohl kaum sagen können, dass wir ihr gerade hinterher spioniert haben, weil wir diesem Alistair nicht über den Weg trauen.»

«Das stimmt», gab Wladimir zur Antwort.

«Während du bei Eudora eine Flugstunde nimmst, besorge ich dir als Wiedergutmachung ganz viele Glühwürmchen!» Elenora sah ihn aufmunternd an. Wladimir lächelte.

«Ich flieg dann mal zum Bergfried», brummte er dann missmutig und flog los. Die kalte Nachtluft wehte ihm entgegen und je höher er flog, desto dünner wurde die Luft.

Er flog so hoch wie noch nie. All die Zeit hatte er sich das nicht getraut. Nicht einmal, wenn Cousin Edmund und Elenora gemeinsam zum Bergfried flogen und dort oben die Aussicht genossen. Er hatte immer gute Ausreden bereit, damit niemand merkte, dass er sich davor drückte. Aber heute musste er sich seiner Angst stellen. Heute hatte er keine Ausrede. Eigentlich wollte er sich auch nicht mehr davor drücken. Die Zeit war gekommen, sich tapfer seiner Angst zu stellen. Er flog langsam um den Bergfried, immer höher, bis er ganz oben angelangt war und landen konnte.

Die Glocke der Burg läutete und Tante Eudora landete grazil neben ihm.

«Willkommen zu Eudoras bekannten und beliebten Flugstunden. Ob Flugangst oder keine Beherrschung über den Seitenwind: Eudora lernt das Fliegen geschwind.» Wladimir lachte laut auf. Die Angst fiel nun ganz von ihm ab. Er fühlte sich wohl bei Eudora.

«Du hast doch wohl keine Flugangst? Es ist wichtig, dass du ehrlich bist. Ich muss das Training dem Problem anpassen.» Eudora beäugte Wladimir kritisch.

«Nein, ich habe keine Flugangst. Ich kann einfach nicht sonderlich gut fliegen», gab Wladimir ehrlich zur Antwort.

«Danke für deine Ehrlichkeit», sagte Eudora und lächelte ihn an. «Wir fliegen erst ein Stück über den Wald. Danach halte ich einen großen Holzring in die Luft und du fliegst hindurch. So kann ich deine Flugtaktik studieren.»

Wladimir nickte.

Sie flogen Richtung Wald und dort dann hoch über die Wipfel der Tannen. Wladimir hatte Mühe die Höhe zu halten und streifte teilweise mit seinen Füßen an den Bäumen entlang. Tante Eudora flog hinter ihm her und beobachtete seinen Flugstil, ohne einen Kommentar dazu abzugeben. Der Wald unter ihnen lag im Dunkeln.

«Wir kehren jetzt zur Burg zurück!», rief Eudora nach einer Weile. Wladimir drehte um und flog hinter ihr her. Sie landeten wieder auf dem Bergfried.

«Ich fliege nun mit diesem Ring in der Hand in die Luft und du fliegst hindurch. Verstanden?» Eudora sah in streng an.

Wladimir nickte. Eudora flog erneut in die Luft und hielt den großen Ring zu ihrer linken Seite. «Du kannst kommen!», rief sie Wladimir zu. Er hob ab und flog seine Runden durch den Ring. Immer wieder stieß er sich seinen linken Fuß am Holzring an.

«Gut, ich habe gesehen, was ich sehen musste. Die Flugstunde ist vorbei!», rief Eudora einen Moment später und sie kehrten gemeinsam auf den Bergfried zurück.

Eudora strich sich ihre Haare zurecht und lächelte Wladimir an. «Das hast du gut gemacht», sagte sie sanft. «Du hast aber Probleme, deine Flughöhe zu halten. Zudem hast du einen Linksswischer.»

Wladimir sah Eudora fragend an.

«Es gibt Vampire, die dazu tendieren, eine Seite stärker zu belasten als die andere. Je nachdem, welche Seite mehr belastet wird, nennt man es einen Linksswischer oder einen Rechtsswischer.»

«Was kann ich gegen meinen Linksswischer unternehmen?», fragte Wladimir.

Eudora lächelte ihn an. «Mein Lieber, das ist ganz einfach. Ich schenke dir eine Beschwerungsfledermaus.»

«Eine was?», Wladimir verstand nicht, wovon seine Tante sprach.

«Eine Beschwerungsfledermaus ist ein Gewicht in Form einer Fledermaus. Das Gewicht hängst du dir an den Fuss, den du beim Fliegen weniger nach unten hältst. Die Nutzung hilft dir dabei, deine Füße beim Fliegen etwa in gleicher Höhe zu halten. Wenn man die Füße nämlich nicht gleich hoch oben behält, dann fliegt man immer schief und fliegt dadurch auch eher in etwas hinein.»

Wladimir verstand und nickte lächelnd.

«Selbstverständlich benötigst du die Beschwerungsfledermaus nur so lange, bis du die Füße von allein in derselben Höhe halten kannst. Ich werde dir morgen eine zu deinem Sarg legen. Ich muss nun los. Mein Sarg ruft mich.» Sie klopfte ihm auf die Schulter und hob in die Luft ab. «Guten Tag!», rief sie ihm zu und verschwand in der Dunkelheit.

Wladimir genoss einen kurzen Moment noch die Aussicht, die sich ihm bot, und kehrte dann auch zu seinem Schlafplatz zurück. Elenoras Sargdeckel war bereits geschlossen, als er in der Gruft ankam. Sie schlief schon. Auf Wladimirs Sarg lag ein Schüsselchen voller Glühwürmchen.

«Danke, Elenora», flüsterte Wladimir und strich liebevoll über den Sargdeckel seiner Schwester. Er legte die Schüssel mit den Glühwürmchen neben seinen Sarg und legte sich dann hin. Sein Bauch flatterte vor Stolz. Er war froh, dass er Mut bewiesen und sich seiner Angst gestellt hatte.

Ungute Vorahnung

So, habe ich dich, du kleines Fimselchen», sagte Runa. Mit zusammengekniffenen Augen begutachtete sie das zappelnde, puschelige und graue Fimselchen zwischen ihren Fingern. Sie konnte nun beim genauen Hinsehen auch zwei kugelrunde Augen erkennen, die im Verhältnis zum restlichen Körper sehr groß waren.

«Und da ist ja auch ein Buchstabe!» Runa schnalzte mit der Zunge und zog dem Fimselchen ein großes B aus dem Mund. Das Fimselchen schaute sie entrüstet an.

«Runzapapling!», fiepste es.

«Entschuldigung, ich verstehe kein Fimselisch», antwortete Runa und sprach weiter: «Heute habe ich leider auch keine Zeit, um mich um dich und deine Freunde zu kümmern. Aber ich werde mich mal schlau machen, wo ihr einen geeigneten Ort zum Leben hättet. Hier in der Bücherei könnt ihr aber nicht bleiben, sonst fresst ihr Ansgar noch alle Märchen weg!» Sie sah das Fimselchen ernst an. Das Fimselchen war immer noch aufgebracht und zappelte nun etwas wilder zwischen ihren Fingern. Runa ließ es frei. Es flog sofort schimpfend davon.

«Na dann, flieg schön los und halte dich von den Büchern fern!», rief sie ihm hinterher.

Sie nahm ihren Staubwedel vom Regal und wischte weiter den Staub von den Büchern.

«Ding Dong!», rief Ansgar und betrat die Bücherei. «Wie nett von dir, dass du Staub wischst, und was für ein Glück für mich, dass du Herbstferien hast und Zeit hast», sagte er und lächelte Runa erfreut an. «Aber leg doch mal eine Pause ein. Ich mache uns Tee.»

«Du weißt, ich bin gerne hier, und wenn ich Lust habe, dann greife ich dir unter die

Arme. Und Tee klingt gut!», antwortete Runa, legte den Staubwedel aus der Hand und schnappte sich ihr neustes Lieblingsmagazin «Lunaria – das lehrreiche Magazin für freche Mondhexen» vom Regal. Dann setzte sie sich in ihren roten Lieblingssessel am großen runden Fenster und sah hinaus. Es regnete und ab und an flog ein Herbstblatt vorbei. Sie hoffte, dass das Wetter bis heute Abend besser sein würde. Bei Regen zu fliegen war sicher nicht so angenehm für Wladimir und Elenora. Schließlich hatten sie von der Burg aus einen längeren Weg bis zum Antiquitätenhändler.

«Ich habe uns einen Pfefferminztee gemacht, den magst du doch am liebsten.» Ansgar stellte ihr die dampfende Tasse Tee auf das hölzerne Tischchen vor ihr und setzte sich in den freien Stuhl neben sie.

«Dankeschön!» Runa lächelt kurz.

«Jetzt hast du Herbstferien und bist am Lernen?», fragte Ansgar, nachdem er einen

Blick auf den Titel ihres Magazins geworfen hatte.

«Ja, aber das ist bloß, um meine Zauberfähigkeiten zu verbessern, und nicht für die Schule. Heute ist noch eine spannende Sonderausgabe im Magazin».

«Die da wäre?» Ansgar sah sie interessiert an.

«Sie heißt: «Einfach angewandte Schockzauber zur Verteidigung». Vielleicht kann ich ja etwas lernen.»

«Wir hoffen nicht, dass du solche Zauber jemals brauchen wirst, aber es ist gut, wenn du sie kannst. Lass es mich wissen, wenn ich dir helfen kann. Auch wenn meine Zauberkraft auf die der Sonne ausgelegt ist und deine, auf die des Mondes, die Grundsteine sind dieselben, auch wenn meine Magie anders umgesetzt werden muss als deine. Ein bisschen kann ich dir zur Seite stehen.»

«Dankeschön, aber wir beide wissen, dass es nicht viel ist, worin du mich unterstützen kannst. Ich finde es einfach immer noch ärgerlich, dass man in derselben Blutlinie nicht auf die gleiche Magie abgestimmt ist.» Runa schnalzte genervt mit der Zunge.

«Die Kraft der Magie sucht dich aus, egal, woher du kommst», antwortete Ansgar tröstend und fügte hinzu: «Ich muss jetzt aber arbeiten.» Er stand auf, schenkte Runa noch ein Lächeln und lief in Richtung der Abteilung für Sonnenmagie. Runa trank einen Schluck des Tees und las in ihrem Magazin. Sie merkte aber, dass sie sich nicht konzentrieren konnte. Unruhig rutschte sie auf dem Stuhl hin und her. Schließlich legte sie ihre Lektüre auf das Tischchen und schaute aus dem großen, runden Fenster. Ein Herbstblatt klatschte gegen die Fensterscheibe.

Runa fuhr sich durch ihre schwarzen, gelockten Haare und zog die Beine an. Ihr wurde plötzlich kalt. Irgendetwas schien in der Luft zu liegen. Etwas Ungutes. Runa hatte eine Vorahnung. Sie stand auf und lief zu

Ansgar in die Abteilung für Sonnenmagie. Er saß im Schneidersitz auf dem Boden. Vor ihm stand ein goldenes Töpfchen mit weißem, rauchendem Salbei. Er hatte die Augen geschlossen.

«Hast du heute keine Kundschaft?» Runa sah ihn fragend an.

«Ich öffne heute erst am Nachmittag.»

«Ach so», murmelte Runa und fuhr etwas lauter fort: «Was machst du, wenn du eine schlechte Vorahnung hast?»

«Egal, ob es eine gute oder eine schlechte Vorahnung ist, sieh deine Intuition als deinen Freund an. Die Intuition hilft dir, dich auf Gutes oder auf Lehrreiches vorzubereiten», antwortete Ansgar und hielt die Augen immer noch geschlossen.

«Dankeschön», seufzte Runa und wollte gerade wieder gehen, als ihr Onkel ihr sagte: «Noch etwas, Runa. Es gibt eine Übung, die du machen kannst, wenn du möchtest. Du nimmst ein Stück Papier und einen Stift und machst es dir gemütlich in deinem Lieblingsstuhl. Versuche, in dich hineinzuhorchen und diese Intuition, die du vorhin hattest, aufzurufen. Wenn du ganz in diesem Gefühl bist, dann nimm den Stift und schreibe das auf, was dir in den Sinn kommt. Lies danach nicht, was du hingeschrieben hast, sondern falte das Papier zusammen und trage es bei dir. Du wirst spüren, wann der richtige Moment gekommen ist, um das Papier zu Hilfe zu nehmen.»

«Ich versuche es», murmelte Runa und ging zurück zu ihrem Stuhl. Auf dem Weg dorthin, holte sie noch Stift und Papier. Sie setzte sich in den Stuhl, machte es sich gemütlich, beobachtete den Regen und versuchte, das Gefühl der dunklen Vorahnung wieder zu spüren. Dann schloss sie die Augen und lehnte sich nach hinten. Sie glitt hinüber in einen düsteren Traum und als sie wieder erwachte, notierte sie etwas auf das Papier. Nur ein Wort. Sie schrieb intuitiv und nahm gar nicht wahr, was sie gerade geschrieben hatte. Dann faltete sie das Papier zweimal zusammen und steckte es in ihre linke Hosentasche. Sie stand auf, rief ihrem Onkel Ansgar auf Wiedersehen und schnappte sich ihre Jacke. Dann ging sie aus der Bücherei, zog die Tür hinter sich zu, lief eilig los und bog rechts in die Sichelgasse ein, der direkteste Weg zum Pavillon. Jeden Moment war es Nacht und die Vampire würden kommen.

Schwefel und Nachtschattengewächs

«Mit diesem Ding am Fuß zu fliegen ist gar nicht so einfach», schrie Wladimir seiner Schwester, die vor ihm flog, genervt zu. Doch Elenora hörte ihn nicht. Sie hatte ihre Kopfhörer in den Ohren, hörte Mystic Five und summte zufrieden vor sich hin. Die beiden flogen einmal um die Kirchturmspitze und landeten neben dem Pavillon, wo Runa bereits auf sie wartete.

«Schöne Landung, Wladimir», stellte Runa beeindruckt fest.

«Das ist meiner Beschwerungsfledermaus zu verdanken», gab Wladimir stolz zur Antwort und streckte Runa sein Fußgelenk entgegen. Um den Knöchel hatte er ein schwarzes, breites Gummiband, an dem eine silberne Fledermaus angebracht war.

«Was ist eine Beschwerungsfledermaus?» Runa runzelte fragend die Stirn.

«Eine Beschwerungsfledermaus ist ein Gewicht, das man sich an den Fuß bindet, damit die Füße beim Fliegen in etwa der gleichen Höhe sind. Wenn man die Füße nämlich nicht gleich hoch oben behält, dann fliegt man immer schief. Aber ich finde, es ist gar nicht so einfach, damit zu fliegen», erklärte Wladimir.

«Das bedeutet, du hältst beim Fliegen einen deiner Füße zu weit oben?» Runa sah erstaunt an Wladimir hinunter.

«Genau, ich habe einen Linksswischer, das nennt man so, wenn man den linken Fuß zu hoch hält.»

Runa nickte interessiert.

«Ich unterbreche ja nur ungern, aber wollen wir ins Antiquitätengeschäft gehen, so lange noch keine andere Kundschaft dort ist? Wie ich sehe, hat Ambrosius soeben geöffnet.» Elenora zeigte auf ein Schild an der Türe des Antiquitätenladens, auf dem in schnörkeligen Buchstaben «Open» stand.

Die drei liefen zum Geschäft, über dessen Eingang in schwarzen Großbuchstaben «Der Antiquitätenhändler» zu lesen war. Sie traten ein. Aus dem hinteren Teil des Geschäfts schepperte und klirrte es.

«Ich bin sofort bei Ihnen!», rief eine tiefe, freundliche Männerstimme. Runa, Wladimir und Elenora sahen sich derweil im Geschäft um. Allerlei Dinge standen herum. In einer Ecke standen verschiedenfarbige Ohrensessel und ein Schaukelstuhl. Es gab mehrere Bücherregale und dekorative Globen. Wladimir nahm ein Glas aus einem Regal, in dessen Mitte sich ein schwarzer Rührstab befand.

«Das ist ein Butterfass. Mit so einem habe ich auch schon selbst Butter hergestellt», sagte er und zeigte Runa das alte Butterfass.

«Ich vergesse immer, dass ihr schon viel länger auf der Erde seid als ich», sagte Runa und betrachtete verträumt das Glas in Wladimirs Hand.

«So, da bin ich nun!» Ein Mann mit grauen, schulterlangen Haaren und einem schmalen Gesicht kam vom hinteren Teil des Antiquitätengeschäfts nach vorne. Er hatte eine schwarze Hose und einen schwarzen Pullover an. Darüber trug er einen langen gelben und mit Monden bestickten Mantel. Er wirkte freundlich.

Er sah die drei lächelnd an, kniff die Augen zusammen und studierte erst Elenora und dann Wladimir.

«Sagt mal, ihr zwei, irgendwoher kenne ich euch doch ...» Er überlegte eine Weile, dann klatschte er seine Hände zusammen und rief: «Ja, Donner und Doria! Ihr seid die beiden Vampirzähnchen von Vladim. Wie waren nochmal eure Namen?» Er kniff die Augen zusammen und überlegte.

«Elenora und Wladimir!», gab Elenora zur Antwort.

«Wie schön euch zu sehen! Wie geht es eurem Vater?»

«Gut, er hängt viel rum», antwortete Wladimir schmunzelnd.

«Deinen Humor hast du von deinem Vater geerbt. Ich bin Ambrosius», sagte der Antiquitätenhändler galant und machte eine kleine Verbeugung.

«Das wissen wir doch!» Elenora lächelte Ambrosius an.

Ambrosius sah nun zu Runa und musterte sie kurz. «Dieses Mädchen ist eine Freundin und eine Hexe, wenn mich mein Riechorgan nicht im Stich gelassen hat», sagte Ambrosius nach einem kurzen Moment des Nachdenkens.

«Ja, aber woher weißt du das?», stammelte Runa.

«Du riechst ganz dezent nach Schwefel und nach einem Nachtschattengewächs. Ich weiß zwar nicht genau nach welchem, aber ich gehe davon aus, dass du eine

Mondhexe bist. Habe ich recht?» Er sah Runa mit hochgezogenen Augenbrauen an.

«Genau», antwortete Runa erstaunt.

Ambrosius klatschte erfreut in die Hände.

«Ich bitte euch selbstverständlich jetzt nicht, an mir zu riechen, aber ich selbst rieche nach dem Nachtschattengewächs Engelstrompete. Na, was sagt euch das?» Ambrosius sah alle drei fragend an.

Die Kinder sahen ihn verblüfft an, doch bevor sie antworten konnten, erhob Ambrosius theatralisch seine Stimme und erzählte: «Ich bin ein Mondhexer und ich bin auch ein Vampir. Wie ihr seht, war ich bei meiner Verwandlung in einen Vampir schon ziemlich alt. Aber ich fühle mich seither wie ein junges Reh!» Er hüpfte wie zum Beweis im Kreis herum.

Elenora, Wladimir und Runa sahen sich verwundert an und lachten.

«Das kann ja nur ein Freund von Papa sein», murmelte Wladimir dann kopfschüttelnd den Mädchen zu.

Ambrosius ließ von seinem Hüpfen ab und sah die drei nun fragend an.

«Aber weswegen seid ihr den hergekommen? Sucht ihr nach etwas Bestimmten?»

«Papa hat von dir mal eine goldene Taschenuhr geschenkt bekommen. Auf der Uhr sind eine Sonne, ein Mond und ein Spiegel abgebildet», erklärte Elenora.

Ambrosius nickte wissend. «Ich weiß genau, von welcher Uhr du sprichst.»

«Wir wollten gerne erfahren, was es mit der Uhr auf sich hat», sprach sie weiter, während Runa aus ihrem verzauberten Strickbeutel das braune Lederbuch hervorzog. Runa schlug die Seite mit der Zeichnung der Uhr auf und zeigte sie Ambrosius.

Ambrosius sah die Seite an und murmelte: «Die Geschichte der sieben Lieben»

«Du weißt also etwas darüber?» Wladimir sah Ambrosius gespannt an.

Ambrosius lief in den hinteren Teil des Antiquariats. Einen kurzen Moment später kam er zurück mit einem dünnen dunkelroten Buch, das etwas mitgenommen aussah. Ambrosius zeigte es den Kindern, tippte drauf und sagte augenzwinkernd: «Das Buch ist auch nicht mehr das jüngste.»

Mit dem Buch in der Hand lief er zur linken Ecke des Antiquariats. Dort standen verschiedene Stühle herum. Er setzte sich in einen Ohrensessel und wies die drei an, es sich auf den anderen Sitzgelegenheiten gemütlich zu machen. Elenora machte es sich auf dem dunkelgrünen Ohrensessel bequem und Wladimir schnappte sich einen Schaukelstuhl. Er liebte es, wenn er sich beim Zuhören auch noch etwas körperlich betätigen konnte. Der Ohrensessel den Runa sich ausgesucht hatte, war violett.

Ambrosius schnipste in die Finger, murmelte etwas vor sich hin und auf einmal standen ihre Stühle im Kreis und in ihrer Mitte befand sie ein kleines Holztischchen mit Schnitzereien. Auf dem Tisch lag ein Buch mit dem Titel «Alchemie», daneben befand sich eine Lupe, die dringend mal geputzt werden sollte. Sie war voller Fettflecken.

«Wenn du so gut zaubern kannst, weshalb putzt du dir nicht einfach dreckige Dinge sauber?» Elenora zeigte mit ernster Miene auf die Lupe.

«Naja, meine Putzzauber sind noch nicht so ausgereift. Meine Interessen in der Zauberei galten bisher anderen Dingen. Nicht, dass Sauberkeit nicht wichtig wäre, aber ehrlich gesagt war ich einfach zu faul.» Er lächelte Elenora freundlich an. Sie lächelte zurück.

«Aber nun wieder zum Thema: Seid ihr bereit für die Geschichte?» Ambrosius sah gespannt in die Runde.

Sie nickten.

Er schnipste zweimal mit den Fingern, woraufhin eine Teekanne und vier Tassen angesaust kamen. Sie stellten sich voller

Vorfreude in Reih und Glied. «Runa, möchtest du Tee? Für die Vampire unter uns habe ich frisches Hasenblut. Aber das können wir ebenfalls aus Tassen trinken, einfach dem schönen Gesamtbild zuliebe. Ich hole sie schnell aus dem Kühlfach», meinte Ambrosius, stand auf und ging in den hinteren Teil seines Antiquariats.

«Ich wiederhole mich nur ungern, aber ein solcher Sonderling passt in Papas Freundeskreis», murmelte Wladimir.

«Ich finde ihn überhaupt nicht sonderbar», sagte Runa, nahm einen Block und einen Stift aus ihrem Beutel, um sich Notizen zu machen, und lächelte die Backsteinwand neben sich an.

«Das war ja klar. Unsere sonderbare, liebe Runa», dachte sich Elenora und konnte im Gesicht ihres Bruders ablesen, dass er in etwa dasselbe dachte.

«Bitteschön, die Damen und Herren», Ambrosius kam zurück und goss das frische Blut in die Tassen der Vampire.

Wladimir nahm in Windeseile die Tasse und trank das Blut in hastigen Schlucken. Die anderen drei sahen ihn überrascht an. Wladimir reagierte nicht auf die erstaunten Blicke der anderen. Er wischte sich mit dem Ärmel seines Pullovers über den Mund und sah erwartungsvoll zu Ambrosius. Dieser lächelte Wladimir an und begann dann damit, die Geschichte zu erzählen.

Die sieben Lieben

Es war einmal vor vielen Monden, als die Hexen noch gejagt wurden. Da trug es sich zu, das Floralie, eine äußerst begabte junge Hexe, sich in den Vampir Jesper verliebte. Sie war voller Anmut, Grazie und Leben. Er hingegen war voller Bitterkeit und dem ewigen Leben überdrüssig. Floralie tanzte in einer Nacht bei Mondschein vor der Burg des Vampirs, um seine Gunst zu gewinnen. Es begab sich, dass Jesper in dieser Nacht rastlos aus dem Fenster sah und fasziniert war von der Anmut der Tänzerin unter seinem Fenster. Er flog zu ihr hinunter und als sie sich zu ihm hinwandte, war er hingerissen von ihrem betörenden und zauberhaften Wesen. So verliebte auch er sich in sie. Des Nachts trafen sie sich fortan bei Mondschein und tanzten, flogen umher und feierten ihre Liebe. Aber in einer Vollmondnacht kam Floralie unter das Fenster ihres geliebten Jespers, der sie bereits voller Sehnsucht erwartete. Er erkannte in ihrem Gesicht Kummer und wollte sie trösten. Doch Worte vermochten ihr keinen Trost zu spenden. Sie weinte bitterlich, bis die Nacht sich dem Ende nahte. Jesper wich nicht von ihrer Seite. Nicht einmal die bald aufgehende Sonne, konnte ihn davon abhalten. Als Floralies letzte Tränen versiegten, erzählte sie ihm, was ihr solchen Kummer bescherte. Die Dorfältesten hatten sie der Hexerei angeklagt. Ihr letzter Tag würde dieser sein, der nun kommen würde. Sie reichte ihm eine goldene Taschenuhr und erklärte ihm, dass ihnen mit dieser Taschenuhr ein gemeinsamer Tag auf Erden geschenkt werden würde.

Sie öffnete die Uhr. In der Oberseite der Uhr war ein Spiegel angebracht.

In ihrer Unterseite befand sich ein Zettelchen auf dem stand: «Amice, luna, redeam»

Sie erklärte ihm: «Mein Liebster, diese Nacht ist bald vorbei und in der kommenden Nacht muss ich die Erde verlassen oder flüchten. Wenn ich mit dem Spiegel der Taschenuhr, das Licht des Vollmonds einfange, es auf deinen Körper reflektiere und meinen Zauber spreche, so wird uns ein erster und leider auch letzter gemeinsamer Tag geschenkt. Das Mondlicht, das ich mit der Taschenuhr auf dich reflektiere, lädt dich mit Mondenergie auf. Die Mondenergie wird dich einen ganzen Tag vor dem Sonnenlicht schützen.»

Jesper nickte. Er schluckte schwer und antwortete: «So lasse uns gemeinsam fortziehen von hier, meine Liebste.»

Floralie legte besänftigend ihren Zeigefinger auf seine Lippen.

«Sie würden uns beide vermutlich auf ewig jagen und unser Leben würde aus Flucht bestehen. Ein solches Leben möchte ich dir ersparen», sagte sie ihm unter Tränen.

Seine Lippen bebten und seine Augen füllten sich ebenfalls mit Tränen. «So lasse das Licht des Mondes auf mich scheinen, damit ich einen letzten Tag mit deiner Liebe erleben darf», antwortete er entschlossen.

Und so geschah es. Floralie reflektierte das Licht des Vollmondes auf Jesper und sprach den Zauberspruch.

Sie verbrachten einen Tag, dessen Momente so voller Schönheit waren, dass er eine Ewigkeit ihre Herzen zum Lachen bringen würde.

Nach Anbruch der Nacht schloss sie die Uhr und überreichte sie Jesper mit den Worten: «Die Liebe, die mein Zauber in dieser Uhr hinterlassen hat, wird ihren Zauber auch deinen sieben Liebsten schenken. Aber Vorsicht: Der Zauber hierfür hält jeweils nur für den Folgetag nach Vollmond. Er muss von einer Mondhexe bei Vollmond durchgeführt werden und für jedes Mal, da man am Tag wandeln möchte, muss der Zauber erneut vollzogen werden. Möge die Liebe von mir auf ewig mit dir sein!» Sie küsste Jesper innig ehe sie weitersprach: «Es ist ein Geschenk von mir an dich und die deinen.» Dann drehte sie sich um, setzte sich auf ihren Besen und sah ihren Geliebten mit Tränen in den Augen an. Sie hauchte ihm einen Luftkuss zu und flüsterte: «Folge mir nicht, mein Liebster».

Tage später kam Jesper zu Ohren, dass das ganze Dorf vergebens nach der Hexe Floralie gesucht hätte. Als Jesper das hörte, musste er lächeln, denn er wusste, seine Floralie würde sich nie einfangen lassen. Sie würde frei bleiben und da weitertanzen und sich des Lebens erfreuen, wo sie sich sicher fühlen durfte. Er verließ das Dorf und alles, was ihn an seine Floralie erinnerte.

Die Taschenuhr, auch wenn sie ihn an seine Liebste erinnerte, hütete er fortan wie seinen Augapfel.

Ambrosius schloss das Buch und sah milde lächelnd in die Runde.

«Das war die Geschichte der sieben Lieben», sagte er.

Der Besuch der Mondhexe

Wladimir wippte im Schaukelstuhl hin und her und nippte währenddessen Blut aus Elenoras Tasse. Seine war schon leer. Runa träumte lächelnd vor sich hin, ihre Notizen lagen zusammen mit dem Stift auf dem Boden. Elenora schwebte im Schneidersitz und mit geschlossenen Augen, einen halben Meter über ihrem Sessel.

Wladimir unterbrach die Stille: «Warum ist Papa jetzt im Besitz dieser Uhr?» Er sah fragend zu Ambrosius.

«Wisst ihr noch, wie die beiden Vampire hießen, die eure Familie damals in Vampire verwandelten?»

«Der eine hieß Magnor und der andere ...», Elenora runzelte die Stirn und überlegte.

«Der hieß Jesper», sagte Wladimir, dachte einen kurzen Moment nach und fügte dann hinzu: «Lustig, es heißen wohl doch ein paar Vampire Jesper.» Dann schlurfte er den letzten Schluck besonders laut aus der Tasse und sah in die Runde. Er überlegte.

«Moment mal, meint ihr, es könnte sein, dass der Jesper aus unserer Geschichte auch der Jesper ist, der uns in Vampire verwandelt hat?»

Runa sah nun zu Wladimir. Ihrem Gesicht war anzusehen, dass sie erst jetzt dem Gespräch folgte.

Elenora zuckte mit den Schultern und sah zu Ambrosius. Dieser gab keine Antwort, sondern zog ein kleines Pergamentzettelchen aus seiner rechten Manteltasche.

«Vor ungefähr einem Jahrhundert stand ich in meinem ehemaligen Antiquariat, ich weiß es noch, als ob es gestern gewesen wäre. Ich war gerade damit beschäftigt, eine Tollkirsche in eine essbare Kirsche zu verwandeln.»

«Wozu?», unterbrach ihn Runa.

«Um herauszufinden, ob ich es schaffe, der Tollkirsche sämtliches Gift weg zu zaubern.»

«Wie findet man dann heraus, dass sie nicht mehr giftig ist?», erkundigte sich Elenora.

Ambrosius deutete eine Essbewegung an.

«Das nenne ich mal mutig», meinte Wladimir.

«Er kann ja nicht sterben, Wladimir. Oder warst du damals noch ein Mensch?» Elenora runzelte die Stirn.

«Das habe ich vergessen», antwortete Ambrosius achselzuckend. «Wenn ich mir das nochmal richtig überlege, stellt sich mir die Frage, ob die Wirkung der Tollkirsche überhaupt bemerkbar gewesen wäre für mich, wenn ich damals ein Vampir war. Aber wie gesagt, ich weiß es nicht mehr», er sah nachdenklich zur Wand und fuhr einen kurzen Moment später fort: «Also, nochmals zur Tollkirsche, ähm, ich meine zu meiner Begegnung.» Er machte eine Pause, um Spannung zu erzeugen.

Elenora, Runa und Wladimir ließen sich davon nicht beeindrucken.

«Bitte erzähl weiter», bat Wladimir ungeduldig.

«Also, es begab sich ... Wie gesagt, ich war gerade mit einer Tollkirsche beschäftigt ...» Die drei verdrehten die Augen.

«Da waren wir bereits», erinnerte Runa sanft.

«Nur nicht so eilig. Also ...», Ambrosius lehnte sich in seinem Ohrensessel zurück und erzählte weiter: «Es klingelte. Genauer gesagt, es hupte. Ich hatte eine alte Hupe als Klingel. Der letzte Schrei damals, kann ich euch sagen.»

«Das stelle ich mir unangenehm vor», warf Elenora ein. Ambrosius beachtete sie nicht und fuhr unbeirrt fort: «Es hupte und ich ging nach vorne zur Theke. Dort erwartete mich eine alte Frau mit grauen Haaren. Sie war dunkelblau gewandet und stellte sich mir als Agda, eine Mondhexe aus dem Norden, vor.

Sie bat mich, den Laden zu schließen und ihr zuzuhören. Anfangs war ich nicht angetan von der Idee, denn ich könnte ja in dieser Zeit Kundschaft verlieren. Nichtsdestotrotz sagte mir mein Gefühl, dass ich der alten Dame zuhören sollte. Wir setzten uns hin. Sie erzählte mir die Geschichte «Die sieben Lieben». Dann überreichte sie mir das Buch, aus dem ich euch die Geschichte vorgelesen habe.

Sie hatte sie niedergeschrieben, damit diese nicht in Vergessenheit geraten würde. Anschließend zog Agda eine goldene Taschenuhr hervor. Die Uhr hätte sie vom ursprünglichen Besitzer und Vampir Jesper erhalten, dessen ganzer Name Jesper Aleksanteri Vitta lautet. Er sei ein guter Freund von ihr und sie beide hätten viele Tagreisen unternommen, mit dem Geschenk von Floralie. Nun sei er der Tagreisen überdrüssig. Für die nächsten paar Jahrhunderte wolle er nun seine Ruhe im Norden, dort einfach die Natur genießen und ab und an Wild jagen.

Denn Verlust seiner Floralie hatte er nie ganz überwunden. Ein Schatten in seinen Augen bringe seine beständige Trauer zum Ausdruck, erzählte mir Agda damals und drückte mir die Taschenuhr in die Hand. Dann schaute sie mich eindringlich an und erklärte mir, dass der Besitzer der Uhr auch der Besitzer der Vampirzeit sei. Ich solle sie hüten und wenn der richtige Tag komme, einem Vladim überreichen, der als Richter arbeitet.

Ich kannte euren Vater damals noch nicht. Sie zeigte mir dann noch den Zauberspruch, der sich auf einem Zettel auf der Innenseite der Taschenuhr befand. Ein kleines Papier auf dem geschrieben stand: «Amice, luna, redeam» was ungefähr heißen sollte: «Mond, mein Freund, lass mich wieder kommen». Dies sei der Zauberspruch, der bei Vollmond von einer Mondhexe gesprochen werden müsste, um den Zauber aktivieren zu können. Als sie ihre Erzählung beendet hatte, fragte ich sie, warum sie die Taschenuhr nicht gleich selbst diesem Vladim überreicht und ihm alles erklärt. Sie antwortete mir, dass sie zu erschöpft sei, um nach Siebenbürgen zu reisen, wo der Richter Vladim mit seiner Familie wohnen würde. Sie wolle nun auf direktem Weg in den Norden zu ihrem alten Freund Jesper und mit ihm und ihrer Familie ihre letzten Tage verleben. Sie wisse, dass die Uhr bei mir in besten Händen sei. Ihr Gefühl hätte sie zu mir in den Laden geführt.

Ich vermute, sie hat gespürt, dass ich ein Mondhexer und Vampir bin. Da sie auch das Sehende Auge hatte, konnte sie mir sagen, dass in Kotoinen, einem Städtchen, das ganz in der Nähe von Siebenbürgen liegt, bald ein großes Antiquariatsgeschäft zum Verkauf ausgeschrieben werden würde. Das traf sich für mich damals vorzüglich, da ich schon lange auf der Suche nach einer größeren Ladenfläche war und die Landschaft um Siebenbürgen gefiel mir ohnehin schon seit

Langem. Von Kotoinen hörte ich aber da zum ersten Mal.

Ich weiß noch, ich wollte mich über das Städtchen informieren, aber wundersamerweise hatte von all jenen, bei denen ich mich nach dem Städtchen erkundigte, niemand je von Kotoinen gehört. Es ist, als sei es nur da, wenn man es sich herbeiwünscht.» Er zwinkerte und fuhr dann fort: «Ich glaube, mein Herz hat mir dann den richtigen Weg gezeigt. Seither lebe ich hier und habe dann tatsächlich eines schönen Tages den Richter Vladim, euren Papa, kennengelernt und ihm natürlich die Uhr mit all meinem Wissen darüber mitgegeben. Seither sind wir Freunde.» Ambrosius schwieg einen Moment und fügte dann schmunzelnd hinzu: «Was für eine schicksalshafte glückliche Fügung.»

«Lomisgarden zeigt sich auch nur jenen, die es finden möchten», sagte Runa verträumt. «Warum solltest du Papa die Uhr geben?

Hat Agda, die Mondhexe dir das gesagt?», fragte Elenora.

«Weil er einer von Jespers sieben Liebsten ist. Die Taschenuhr ist ein Geschenk an ihn und die anderen Erben, um bei Tag wandeln zu können. Er soll sie aber auch hüten», gab Ambrosius zur Antwort und kramte wieder in seiner Manteltasche. Dann zog er einen verknitterten Zettel aus der Tasche, faltete ihn auf und las laut vor: «Also hier stehen folgende Namen geschrieben: Vladim (Hüter der Taschenuhr), Elenora, Wladimir, Edmund und Victor. Diese fünf gehören zu Jespers sieben Liebsten und können mithilfe des Zaubers einer Mondhexe und der Taschenuhr jeweils am Tag nach Vollmond wandeln.»

«Onkel Victor? Oje, Tagwesen, nehmt euch in acht!» Wladimir hielt seinen Bauch vor Lachen. Elenora stimmte in sein Lachen ein.

«Wer sind die anderen beiden Liebsten? Du hast nur fünf genannt.» Runa sah fragend zu Ambrosius.

«Über die steht hier leider nichts. Aber es fehlt auch ein Teil des Zettels.» Ambrosius sah den Zettel an und drehte ihn in seiner Hand hin und her.

«Wenn Jesper mit ganzem Namen Jesper Aleksanteri Vitta hiess, war er dann der finnische Durchreisende, der das Städtchen Kotoinen erbaute? Das würde dann auch erklären, warum man den Gründer der Stadt fast nur nachts angetroffen hat», bemerkte Elenora.

«Das müsste zutreffen. Wenn man ihn mal an einem Tag sichtete, dann wohl an einem Tag nach Vollmond, wenn er die Mondenergie zum Schutz hatte», ergänzte Ambrosius.

«Ja, dieser Jesper scheint ein vielfältiger Typ zu sein», meinte Wladimir. Er wollte dem gerade noch etwas hinzufügen, als er von

Elenora unterbrochen wurde. «Runa, was hast du dir so notiert?» Elenora sah neugierig auf den Notizzettel, der auf dem Boden neben Runas Sessel lag. Ihre Schrift war schnörkelig und dekorativ.

«Ich habe mir so dies und das notiert», antwortete Runa und sah zu Ambrosius, als ihr plötzlich etwas klar wurde. Sie lächelte breit wie ein Honigkuchenpferd. «Wenn es euch nicht aufgefallen ist: Mithilfe der Taschenuhr sollte es möglich sein, dass wir gemeinsam ans Konzert gehen können!», sagte sie mit leuchtenden Augen.

«Stimmt! Du bist eine Mondhexe!», sagte Elenora, sprang vor Freude auf und rief: «Ich kann es kaum erwarten, Mystic Five live zu sehen! Vor allem Alexis!» Sie kicherte und ihre Augen glänzten verliebt. Sie flog vor lauter Begeisterung eine Runde um den Tisch. Dann landete sie bei Runa, nahm sie an den Händen und beide tanzten fröhlich durch Ambrosius' Antiquariat.

Wladimir und Ambrosius beobachteten das Geschehen stumm.

«Hast du mir bitte nochmal so einen Blutsaft?», bat Wladimir und sah amüsiert zu seiner Schwester. Ambrosius nickte und verschwand im hinteren Teil des Geschäfts, um neues Blut zu holen. Wladimir faltete seine Hände, schaukelte hin und her und dachte nach. Jetzt stellte sich nur noch die Frage, wie sie Papa dazu bringen würden, ihnen die Taschenuhr für kurze Zeit zu überlassen. Morgen war Vollmond und übermorgen bereits das Konzert von Mystic Five.

Gefährliche Vampirsichtungen

Vater Vladim hing kopfüber am Drahtseil das quer durch die Bibliothek gespannt war und las.

Edmund hatte vor Kurzem ein Drahtseil in die Bibliothek gehängt, weshalb die Bibliothek seither rege genutzt wurde.

Vladim las im Magazin «Die neuen Richtlinien des VSF und wie sie umgesetzt werden sollen»; etwas kleiner stand darunter: «Inklusiv Jahresbericht»

Die Vampirsicherheitsfraktion hatte seit Neuerem alle Hände voll zu tun. Immer wieder gab es Sichtungen von Vampiren, die die Aufmerksamkeit von Menschen auf sich ziehen wollten und somit bewusst die Geheimhaltung der Existenz von Vampiren gefährdeten. Mutter Celeste schwebte etwa einen halben Meter über Boden im Schneidersitz neben ihm. Auch sie las. Es war ein grünes Buch mit einem langen, schwarzen Titel «Nachtschattengewächse und ihre Heilkräfte – erfahren Sie alles über die passenden Nächte der Aussaat und deren Einfluss auf die Pflanzen».

«Wie kann man nur mitten in der Nacht in eine feiernde Menschenmenge fliegen und die Leute mit Bissen bedrohen?», fragte Vladim und sah entsetzt in sein Magazin ehe er weiterlas.

«Ts, ts, unglaublich sowas! Wer war das?» Celeste schüttelte ungläubig den Kopf.

«Dieser Burschko, ein Vampir der ganz üblen Sorte. Glücklicherweise konnte das VSF genug schnell reagieren und tat das Ganze als Kunstaktion ab. Die Menschen glaubten ihnen und in der Presse war von einer spektakulären und bissigen Kunstaktion die Rede», zitierte er aus dem Magazin.

«Zum Glück wurde es kürzlich bewilligt, dass das VSF mehr Mitarbeiter haben darf.

Sie scheinen alle helfenden Hände zu benötigen», meinte Celeste und sah besorgt zu Vladim.

«Ja, also laut Jahresbericht hatten sie tatsächlich alle Hände voll zu tun, um die Existenz von Vampiren geheim zu halten. Nur zu hoffen, dass es nie einen Aufstand gibt von all jenen, die unsere Existenz verraten und die Menschen zu ihren Dienern machen möchten. Schreckliche Vorstellung!» Vladim schauderte es.

Die Tür zur Bibliothek öffnete sich. Wladimir und Elenora betraten die Bücherei mit Runa im Schlepptau.

«Hallo miteinander!» Celeste schaute von ihrem Buch auf und lächelte.

«Hallo», sagten die drei einstimmig. Elenora trat nervös von einem Bein auf das andere.

«Der Gegenwind ist heute besonders stark. Habt ihr einen guten Flug gehabt?», erkundigte sich Vladim.

«Ja, es ging so. Der Gegenwind machte es ziemlich anstrengend», berichtete Elenora.

«Schaut mal her, was ich euch von meinen Buchbesorgungsausflügen schon alles an neuem Lesesstoff mitgebracht habe.» Vladim, der immer noch kopfüber am Drahtseil hing, zeigte stolz auf mehrere Bücher, die sich aufeinandergestapelt an der Bibliothekswand befanden. Es waren an die fünfzig Bücher.

«Super, Papa!», rief Elenora.

«Toll, aber ich habe Hunger», murmelte Wladimir, swuschte zum Blutvorrat im Keller und war innerhalb einer Minute mit drei Blutbeuteln im Arm zurück. Dann öffnete er den ersten und trank in gierigen Schlucken. Es wurde kurzzeitig still.

«Sag mal, Papa, du hast doch diese goldene Taschenuhr», unterbrach Elenora die Stille.

Vladim horchte auf und schaute Elenora interessiert an.

«Was ist damit?» Er reckte sein Kinn leicht nach vorne.

«Also wir bräuchten die Taschenuhr, um mit Runas Hilfe am nächsten Tag in Lomisgarden im Sonnenwaldstadion das Konzert von diesen Mistel Finken besuchen zu können. Das Stadion hat ja kein Dach und die Sonne könnte noch scheinen», antwortete Wladimir.

«Du kommst mit?», fragt Runa, die es sich indes im Schneidersitz auf ihrem schwebenden Besen gemütlich gemacht hatte, und sah Wladimir erstaunt an. Sie überhörte bewusst, dass Wladimir den Namen der Band erneut absichtlich falsch ausgesprochen hatte.

«Ja, wenn ich nach all den Jahrhunderten mal etwas Neues erleben kann, bin ich natürlich mit von der Partie.» Er grinste und kramte in seiner Hosentasche nach seinem Handy. Er nahm es hervor, drückte ein paar Mal auf dem Bildschirm herum und streckte es Elenora und Runa entgegen. «Ich habe uns außerdem schon die Tickets besorgt.

Gehen auf mich. Habe ich mit meinem Taschengeld gekauft», sagte er stolz.

«Das ist ja super! Dankeschön!», rief Runa erfreut und umarmte Wladimir überschwänglich.

«Aber dass du mir keinen Unfall baust, Bruderherz», scherzte Elenora liebevoll und fügte hinzu: «Danke dir!» Sie freute sich, dass ihr Bruder Runa und sie begleiten würde.

«Moment! Was wollt ihr machen?» Mutter Celeste stand auf und schaute ungläubig ihre Kinder an.

«Die viel wichtigere Frage wäre, woher wisst ihr von der Taschenuhr?» Vladim schaukelte mit verschränkten Armen am Drahtseil hängend hin und her und sah seine Kinder verwundert an.

«Dank unserer Intelligenz natürlich», meinte Wladimir lachend.

«Ihr wart bei Ambrosius, oder?» Vladim sah nun Elenora und Runa an.

«Genau», antwortete Elenora.

«Also ich habe die Taschenuhr noch nie ausprobiert, und wie ihr sicher wisst, ist eure Mutter nicht die Abenteuerlustige.» Er zwinkerte Celeste zu und schickte ihr eine Kusshand. Dann flog er vom Seil hinunter und nahm in seinem schwarzen Lieblingssessel Platz, der neben Celeste stand. Celeste flog zu Wladimir und Elenora und legte ihre Arme um sie.

«Ich denke, für so ein Abenteuer seid ihr noch zu jung.»

«Mama, du weißt schon, dass wir mehrere Jahrhunderte auf dem Buckel haben. Wie alt sollen wir werden, um ein solches Abenteuer erleben zu dürfen, etwa mehrere Jahrtausende?», fragte Elenora genervt.

«Nun sag doch auch mal etwas, Vladim!» Celeste wandte sich hilfesuchend an ihren Mann, der breit grinsend da saß. «Von mir aus dürfen die Kinder ruhig hingehen. Aber kommt mir einfach wieder in ganzen Stücken zurück und lasst euch nicht verbrennen. Und du, junges Fräulein», er sah nun zu Elenora und fuhr fort: «Dass du mir ja nicht diesen Sänger Alexis mit nach Hause bringst!» Er erhob mahnend seinen Zeigefinger.

Celeste fasste sich besorgt an den Kopf und lief in der Bibliothek auf und ab. Sie wirkte bedrückt. Nach einem Moment der Stille stand sie abrupt still und sah ihre Kinder an. Sie atmete tief ein und was sie nun sagte, schien ihr Kraft zu kosten. «Ich weiß ja, dass ihr schon mehrere Jahrhunderte auf dem Buckel habt und euch freuen würdet, mal etwas Neues zu erleben.» Sie hielt kurz inne und fügte dann hinzu: «Das verstehe ich und bin deshalb auch einverstanden, wenn ihr ans Konzert geht. Aber wisst ihr denn, wie ihr mit dieser Uhr umgehen müsst?» Sie sah ihre Kinder besorgt an.

«Keine Sorge, Liebling!», meinte Vladim und erklärte: «Laut Ambrosius soll lediglich eine Mondhexe das Licht des Vollmondes mit dem Spiegel, der sich an der Taschenuhr befindet, auf die Kinder reflektieren und einen Spruch dabei aufsagen. Mehr nicht. Also keine Hexerei», sagte er und fügte schmunzelnd hinzu: «Zumindest denke ich, sollte es keine schwere Hexerei sein.»

«Das klingt tatsächlich nicht schwer», seufzte Celeste, fuhr sich durch die Haare und sah immer noch besorgt aus.

«Wann haben wir dann das nächste Mal Vollmond?», fragte Elenora in die Runde.

«Morgen», antwortete Runa.

Celeste seufzte erneut auf. Ihr war noch nicht wohl bei der Sache.

«Dann aber ab in den Sarg Kinder und du natürlich ins Bett, Runa, damit ihr morgen fit seid», meinte Vladim streng.

«Können wir Runa noch nach Hause begleiten?» fragte Wladimir hoffnungsvoll.

«Natürlich, aber dann sofort ab in den Sarg mit euch.»

«Ist gut», antworteten die Vampire wie aus einem Mund.

Die Kinder liefen aus der Bibliothek. Elenora und Runa hüpften erfreut durch die Gänge der Burg, die in den Park führten, und besprachen noch einmal ausführlich ihren Plan für den morgigen Tag. Im Park angelangt, setzten sie sich auf eine Bank.

«Wenn das ein Erfolg wird, müssen wir das unbedingt den anderen Familienmitglieder erzählen. Stellt euch vor, wie sich freuen werden, wenn sie mal wieder bei Tag umherlaufen können, wenn sie einen Sonnenaufgang erleben können, die Blumen in all ihren Farben sehen dürfen und die Sonnenstrahlen spüren können, ohne Angst haben zu müssen. Und das alles nur dank Papas Taschenuhr und mithilfe von Runa», sagte Elenora begeistert, als sie hinter sich im Busch etwas rascheln hörten.

Die Kinder erschraken. Dann standen sie auf und liefen mutig um den Busch herum, konnten aber nichts erkennen.

«Klang wie ein Tier, das uns wohl gesehen und die Flucht ergriffen hat», murmelte Elenora.

«Das wird es gewesen sein», meinte Wladimir.

Sie setzten sich erleichtert wieder auf die Bank hin, um weiter an ihrem Plan schmieden zu können.

«Aber vergesst nicht, dass der Zauber nicht für alle möglich ist», erinnerte Runa.

«Stimmt», sagte Elenora und überlegte einen Moment, ehe sie fortfuhr: «Dann müssen wir es den anderen Vampiren, die den Zauber der Taschenuhr nicht nutzen können, aber schonend beibringen.» Elenora sah bei den letzten paar Worten bewusst zu ihrem Bruder.

«Dann wirst du das besser übernehmen, Elenora», sagte Runa und sah entschuldigend zu Wladimir.

«Kein Thema, ich bin sowieso kein Mann der großen Worte», murmelte Wladimir schulterzuckend.

«Dann gehen wir jetzt aber schlafen, damit wir morgen fit sind», mahnte Elenora und die beiden anderen nickten ihr übereinstimmend zu. Sie flogen los. Runa zuliebe flogen sie nicht höher als zwei Meter über dem Boden. Wladimir war müde und schlug trotz seiner Beschwerungsfledermaus zweimal mit dem Fuß an einem Strauch auf.

Eine geheimnisvolle Nachricht

Die nächste Nacht war angebrochen. Wladimir und Elenora saßen vor der mit Efeu bewachsenen Burgmauer in ihren Liegestühlen. Sie waren zu nervös, um still zu liegen. Wladimir zappelte unaufhörlich mit seinem linken Fuß und begutachtete seine neuen Turnschuhe, die er von seiner Mutter bekommen hatte. Sie waren schlicht, schwarz und bequem. Genauso mochte er sie am liebsten. Passend zu seinen Schuhen trug er einen schwarzen Pullover und schwarze Hosen. Elenora hatte gute Laune und ihre Haare deshalb mit ihrer Fledermaushaarklammer zu einem Dutt hochgesteckt. Sie versuchte, ihre Nervosität in Vorfreude umzuwandeln, indem sie Mystic Five hörte und verträumt die langen

Fledermausärmel ihres schwarzen Kleides betrachtete. Heute Nacht würde sie Mondenergie erhalten und morgen schon, könnte sie Mystic Five endlich live erleben, ohne Angst vor der Sonne haben zu müssen.

«Sie sollte doch bald hier sein!», sagte Wladimir nervös und sah suchend in die Dunkelheit.

«Wir wären zumindest bereit», lachte Elenora und drückte die verzauberte Uhr von ihrem Vater, die sich in der Tasche ihres schwarzen Kleides befand.

«Na, ihr auch unterwegs?» Alistair schlich an ihnen vorbei und beäugte sie neugierig.

«Wo habt ihr den eure Hexenfreundin gelassen?», sagte er und seine Stimme klang bemüht freundlich.

«Wo haben sie denn unsere Tante gelassen?», stellte Wladimir als Gegenfrage.

«Sie war nicht abkömmlich heute», sagte Alistair und strich sich eine Strähne seines fettigen Haares aus dem Gesicht. Dann kratzte er sich nachdenklich an seiner Knollennase, schenkte den beiden noch einen missbilligenden Blick und ging davon, ohne sich zu verabschieden.

«Ich mag es gar nicht, wenn dieser Typ hier herumlungert», murmelte Wladimir.

Elenora nickte.

«Da kommt Runa ja geflogen!», rief sie im nächsten Moment und Alistair war vergessen.

«Sie bringt uns gleich auch noch den ganzen Herbstwald mit», schmunzelte Wladimir. Er hatte nicht übertrieben. Runa war voller Herbstblätter. Einige hingen an ihrer Jeans, andere hafteten an ihrem grünen Pullover und einige klebten an ihren schwarzen spitzen Schuhen. Sogar in ihren Haaren hatte sie Laub. Sie landete direkt vor ihnen und befreite sich unter Gemurre von den vielen Blättern. Dann lehnte sie ihren Besen an den Baum mit dem breitesten Stamm und rannte zu den Vampirkindern.

«Ich bin ja so aufgeregt! Aber ihr vermutlich noch viel mehr als ich. Schließlich könnt ihr nach Jahrhunderten nun bald wieder einmal ins Sonnenlicht. Ich habe uns schon tolle Ideen zusammengesucht, was wir den Tag hindurch alles erleben können, ehe wir das Konzert besuchen!» Die Worte sprudelten vor lauter Aufregung nur so aus ihr heraus. Wladimir und Elenora grinsten.

«Du hast da noch ein Blatt», bemerkte Wladimir und nahm es Runa sanft aus dem Haar. «Dankeschön», gab sie galant zur Antwort und umarmte überschwänglich erst Wladimir und dann Elenora.

«Ich bin so aufgeregt», wiederholte sie. «Ich bin auch schon ganz nervös», frohlockte Elenora und fügte dann nachdenklich hinzu: «Ich hoffe, unsere Augen verkraften die Sonne.»

«Eure Augen werden geschützt sein», sagte Runa. «Ich habe euch extra ein Geschenk vorbereitet. In der Eile habe ich es in meinem

Strickbeutel vergessen, den ich am Besen angemacht habe. Ich schaue gleich mal nach, sofern mein Besen noch hier ist und nicht bereits beleidigt nach Hause geflogen ist.»

«Wieso ist er beleidigt?», erkundigte sich Wladimir.

«Weil er Verstecken spielen wollte, aber ich keine Zeit dafür hatte», antwortete Runa und fügte hinzu: «Die Sterne stehen heute etwas eigenartig am Himmelszelt. Ich hoffe nicht, dass das etwas zu bedeuten hat ...» Sie sah nachdenklich in den Himmel. Elenora und Wladimir sahen ebenfalls zu den Sternen hoch, konnten aber nichts Ungewöhnliches erkennen.

«Dann hole ich mal eure Überraschung. Wenn mein Besen aber schon nach Hause geflogen ist, können wir euer Geschenk später bei mir daheim abholen. Es eilt ja nicht. Ihr braucht es erst, wenn der Tag anbricht. Wichtiger ist, dass wir nachher mit der Taschenuhr den Zauber vollziehen. Der Vollmond ist gerade besonders schön», Elenora hatte Runa noch nie zuvor so viel und so schnell sprechen gehört. Runa sah erneut in den Himmel und lief in Richtung der Bäume. Hinter einem besonders dicken Baum hatte sie ihren Besen angelehnt. Elenora und Wladimir warteten gespannt.

«Was denkst du hat sie uns als Geschenk mitgebracht?», fragte Wladimir neugierig.

«Ich vermute, es hat etwas mit der Sonne und unseren Augen zu tun», antwortete Elenora und zwinkerte ihm zu. Von den Bäumen her war ein lautes Rascheln zu vernehmen.

«Was macht sie bloß? Hat sie uns noch einen Hirsch zum Abendessen mitgebracht?», sagte Wladimir schmunzelnd. Elenora lächelte.

Wladimir packte sich ein vorbeifliegendes Glühwürmchen, dass sogleich in seinem Mund landete. Seine Schwester legte sich derweil auf den Boden, streckte ihre Füße in die Luft und ließ sie kreisen, während sie ihre geringelte Strumpfhose betrachtete. Wladimir schnappte sich erneut ein Glühwürmchen, steckte es sich in den Mund und reckte seinen Kopf in Richtung der Bäume. Er konnte nichts erkennen. Eine ganze Weile warteten sie gespannt.

«Findest du nicht, dass das etwas lange dauert?», meinte Elenora.

«Doch», antwortete Wladimir.

«Lass uns nachsehen», sagte sie besorgt und swuschte los.

Wladimir swuschte hinter seiner Schwester her in Richtung der Bäume. Einmal schrammte er mit seinem linken Fuß an einer Tanne entlang. Dann vernahm er ein dumpfes Geräusch, aber kümmerte sich nicht weiter darum.

Die beiden sahen sich um. Weit und breit war keine Runa in Sicht.

«Da ist ihr Besen!» Wladimir zeigte zu einer alten, dicken Tanne.

«Dann fehlt aber noch die Hexe dazu», murmelte Elenora. Langsam wurde sie nervös. Sie hatte ein ungutes Gefühl. Die beiden liefen zum Besen hin. An seinem Stiel war ein kleiner Beutel angebracht. Wladimir sah hinein.

«Da sind zwei Brillen mit dunklen Gläsern», stellte er fest. Elenora sah auch hinein.

«Sonnenbrillen, Bruderherz.» Wladimir zog eine Schnute. «Ich weiß. Zu unserer Zeit hat es solche Dinge noch nicht gegeben», raunzte er.

«Sei froh, dass es sie jetzt gibt», murmelte Elenora, strich liebevoll über den Besen und murmelte: «Wie aufmerksam von Runa.»

«Aber wo steckt sie bloß?» Wladimir sah sich um.

«Du suchst diese Seite ab und ich diese. Danach treffen wir uns wieder hier», sagte Elenora und swuschte durch die Bäume davon. Wladimir flog in die entgegengesetzte Richtung. Sie suchten das Waldstück ab, flogen einmal um die Burg und trafen sich, ohne eine Spur von Runa zu haben, wieder bei ihrem Besen.

«Haben wir irgendetwas übersehen?», fragte Elenora. Wladimir zuckte mit den Schultern, sah suchend die Bäume ab und dann den Boden.

«Hier liegt ein Zettel», sagte er erstaunt, hob den Zettel auf und öffnete ihn. «Da steht nur ein Name», flüsterte er.

«Was steht da?», fragte Elenora.

«Alistair», sagte Wladimir und sah seine Schwester stirnrunzelnd an. Sie sah sich den Zettel in seinen Händen nun auch an. «Das ist die Handschrift von Runa», stellte sie fest und ihre Augen weiteten sich erschrocken.

«Was machen wir jetzt?» Wladimir sah seine Schwester verzweifelt an. «Na was wohl? Wir statten diesem Schmierfink Alistair einen Besuch ab», antwortete Elenora harsch. Wladimir nickte aufgeregt. Sie flogen los. Wladimir verlor immer wieder an Höhe, schrammte an den Tannenspitzen entlang und hatte Mühe, geradeaus zu fliegen.

«Hilft die Beschwerungsfledermaus etwa nicht mehr?», rief Elenora zu ihrem Bruder nach hinten.

«Ich habe sie verloren», schrie Wladimir nach vorne.

«Wieso hast du etwas an den Ohren?» Sie hatten mit starkem Gegenwind zu kämpfen und Elenora verstand kaum eines der Worte ihres Bruders.

«Nein, ich habe nichts an den Ohren. Ich habe gesagt, ich habe sie verloren», schrie er nun nach vorne.

«Dann kauf dir halt eine Mütze!» schrie Elenora zurück.

Wladimir verdrehte die Augen und flog etwas schneller, damit seine Schwester ihn besser verstehen konnte. «Woher weißt du eigentlich, wo Alistair wohnt?», rief er ihr nun zu.

«Ich habe doch mal Eudora gefragt, wo er wohnt. Er lebt allein in der einzigen Gruft im Südfriedhof.»

«Gut gemacht, Schwesterherz», Wladimir lächelte ihr stolz zu und verlor sofort wieder an Flughöhe.

«Ja, ich hatte da so ein Gefühl», sagte Elenora mehr zu sich selbst als zu ihrem Bruder, denn dieser flog schon wieder weit hinter ihr.

Die Gruft mit dem Knoblauchduft

Elenora landete mitten auf der großen Wiese des Südfriedhofs. Wladimir kam Sekunden später auch angeflogen. Er fiel bei seinem Landemanöver in ein Gebüsch, am Rande der Wiese und hatte Mühe, dort wieder hinaus zu kommen. Als er sich endlich, unter lautstarkem Ächzen und Schimpfen aus dem Gebüsch hinausgekämpft hatte, wischte er sich murrend die Blätter von den Kleidern und lief zu Elenora.

«Ich habe meine Beschwerungsfledermaus wohl vorhin im Wald verloren; ich hab sie sogar herunterfallen gehört, glaube ich», erklärte er, als er bei Elenora angelangt war.

«Später, Wladimir», wisperte sie ihm zu und sah hektisch um sich. Zwischen ein paar Bäumen entdeckte sie die Gruft.

«Die muss es sein», flüsterte sie.

«Warum flüsterst du?»

«Wir wissen ja nicht, ob sich Alistair in der Gruft oder irgendwo draußen aufhält», antwortete Elenora leise und sah sich erneut um. Sie suchte den Himmel ab, aber konnte keinen fliegenden Vampir mit schmierigen Haaren erkennen. Der Himmel war sternenklar und der Vollmond leuchtete hell und silbern auf sie hinunter.

«Irgendwann heute Nacht wird es bewölkt, hat Papa gemeint. Ich hoffe, wir schaffen es, ehe die Wolken den Mond verdecken.» Wladimir sah angespannt in den Himmel.

«Das ist aktuell unser kleinstes Problem. Nun lass uns keine Zeit verlieren. Komm, gehen wir in die Gruft», antwortete Elenora und winkte ihrem Bruder zu.

«Du willst da nicht etwa einfach so hineinspazieren?» Wladimir sah sie mit großen Augen an.

«Hast du einen besseren Plan?»

«Nein, auf die Schnelle nicht.»

«Dann los!», sagte Elenora und lief mutig voraus.

Die barocke und schmiedeeiserne Gittertür, die in die Gruft führte, war nur angelehnt.

«Da muss es jemand eilig gehabt haben, wenn nicht einmal die Tür geschlossen wurde», murmelte sie vor sich hin.

Sie traten ein. Ein modriger Duft kam ihnen entgegen.

«Lüften wäre vielleicht auch mal eine Idee», raunte Wladimir. Sie stiegen leise eine steinerne Treppe hinab. Unten angelangt erwartete sie eine weitere große Türe. Auch die war nicht verschlossen. Elenora versuchte sie mit beiden Händen so geräuschlos wie nur irgend möglich zu öffnen. Sie gingen durch die Tür hindurch und gelangten in einen langen, muffig riechenden Korridor. Die brennenden Kerzen in den Wandkerzenhalter beleuchteten den Gang mit ihrem spärlichen Licht. Sie schlichen auf leisen Sohlen, dennoch hallten ihre Schritte von den Wänden wider. Gerade als es ihnen so vorkam als würde der Gang nicht mehr enden, erkannten sie vor sich noch eine Tür, die mit schwarzem Leder bezogen war.

«Sie ist nur angelehnt», flüsterte Elenora und schob die Türe langsam mit ihrer linken Schuhspitze auf. Sie linsten in den großen steinernen Raum. Duzende Kerzenhalter mit brennenden dunkelroten Kerzen standen verteilt herum und erhellten die gesamte Gruft.

«Ich habe keinen Besuch erwartet», erklang die eisige Stimme von Alistair. Elenora und Wladimir zuckten zusammen. Er stand einige Meter von ihnen entfernt. In seinen Armen hielt er Runa fest im Würgegriff gefangen. Zum großen Erstaunen von Elenora wirkte Runa irgendwie entspannt und schien gar keine Angst zu haben. Einen kurzen Moment fühlte sich Elenora erleichtert, ohne jedoch den Ernst der Lage zu verkennen.

«Warum waren dann alle Türen geöffnet, wenn du nicht mit Besuch gerechnet hast? Du hast sie doch absichtlich offengelassen, damit du uns hier in deiner Gruft überwältigen kannst», sagte sie mutig.

Wladimir schlug sich mit der flachen Hand an die Stirn. Die Angst war seiner Stimme anzumerken. «Wir hätten damit rechnen müssen, in eine Falle zu tappen! Aber nein, wir merken es erst, wenn es zu spät ist», stöhnte er und schüttelte verzweifelt den Kopf.

«Wladimir, reiß dich zusammen», bat Elenora.

«Gute Frage, Elenora, wer hat die Türe geöffnet? Weil ich war es nicht!», zischte Alistair und nahm Runa noch stärker in den Würgegriff.

«Lass sie sofort los!», kreischte Elenora.

«Geht es dir gut, Runa?», rief Wladimir besorgt.

Runa wirkte verträumter als sonst und versuchte zu nicken. Alistairs Griff hinderte sie aber daran.

«Was soll das, wieso hältst du sie fest? Lass sie gefälligst los!» Elenora sah wütend zu Alistair.

«Wie ich gerade feststelle, trifft es sich hervorragend, dass ihr zu uns gestoßen seid. Ich musste gerade mit Entsetzen herausfinden, dass Runa die goldene Taschenuhr nicht bei sich trägt. Ich darf also davon ausgehen, dass jemand von euch beiden sie hat. Gebt sie mir!», befahl Alistair mit kalter Stimme.

«Von welcher Taschenuhr sprichst du?» Elenora stellte sich unwissend und sah ihm direkt in die Augen.

«Ich spreche von der Taschenuhr dank derer ich mit Hilfe dieser Mondhexe hier in die Sonne kann. Ich habe euch mehrmals belauscht, als ihr euch im Park unterhalten habt», er linste kurz zu Runa hinunter, sah dann wieder zu Elenora und Wladimir und fuhr fort: «Eure Tante Eudora wird mich dafür lieben, ich nehme sie natürlich mit in den Tag. Was denkt ihr, wie sie sich freuen wird, ihre geliebten Blumen nach Jahrhunderten wieder einmal im Sonnenlicht sehen zu können?» Er lachte kalt und scharf auf.

«Sobald sie erfährt, dass du Runa dafür entführt hast, wird sie dich verabscheuen!», schrie Elenora.

«Ich verabscheue dich jetzt schon», brummte Wladimir und bedachte Alistair mit einem wütenden Blick.

Runa scharrte mit ihrem rechten Fuß, um auf sich aufmerksam zu machen.

«Ruhe! Du darfst weder sprechen noch mit den Händen rumfuchteln und auch nicht mit den Füßen herumscharren. Du tust nur, was ich dir befehle, du elende Hexe!», rief Alistair und seine kalte Stimme hallte durch die Gruft.

Wladimir warf ihm einen vernichtenden Blick zu. Elenora sah zu Runa, die versuchte, den Kopf leicht nach hinten zu bewegen. Sie sah Elenora eindringlich an und richtete ihren Blick dann so weit wie möglich nach hinten. Elenora versuchte zu verstehen, was Runa ihr mit den Augen zu sagen versuchte. Dann linste sie hinter Alistair und entdeckte eine schwarze Kommode. Auf ihr stand eine silberne Vase, in der eine dunkelrote Rose stand. An der Wand oberhalb der Kommode hingen drei sich überkreuzende Degen. Für einen kurzen Moment war Elenora verwirrt darüber, dass Alistair eine Rose besaß, dann erinnerte sie sich aber daran, dass er eine Schwäche für Blumen hatte.

Runa presste aufgebracht die Lippen zusammen. Sie ahnte, dass Elenora noch nicht begriffen hatte, was sie ihr mitzuteilen versuchte. Sie sah deshalb wieder nach hinten und ihr Blick glitt in die Höhe der

Degen. Elenora folgte Runas Blick erneut und begriff endlich. Die Degen!

Runa lächelte, als sie merkte, dass Elenora verstanden hatte und hustete laut auf.

Im selben Augenblick stupste Elenora Wladimir an und flüsterte ihm zu: «Wand».

Natürlich hätte sie ihn lieber direkt auf die Degen aufmerksam gemacht, aber da Vampire etwas besser hören als Menschen, war das Risiko zu groß, dass Alistair etwas von ihrem Plan mitbekommen könnte.

Zu Elenoras Überraschung schien Wladimir zu verstehen, was sie ihm sagen wollte, denn er nickte ihr zu.

Runa sah die beiden an, bis sie sich sicher war, dass sie bereit waren. Dann kreiste sie kaum merklich mit ihrem Zeigefinger und flüsterte etwas. In Wladimirs Hand erschien die dunkelrote Rose, die bis gerade eben noch in der Vase auf der Kommode gestanden hatte.

Er versteckte die Blume blitzschnell hinter seinem Rücken, ohne das Alistair etwas davon mitbekam und sprach verlegen: «Also ich finde, das ist jetzt wirklich nicht der richtige Zeitpunkt, Runa, und irgendwie auch zu früh.» Er sah sie peinlich berührt und entschuldigend an.

Runa verdrehte genervt die Augen.

«Was sprichst du da, Junge?» Alistair sah grimmig zu Wladimir.

«Ich, ich, ähm», stotterte Wladimir, als er merkte, dass er die Rose falsch gedeutet hatte und fuhr dann nach ein paar Sekunden der Verlegenheit fort: «Ich wollte Runa nur darauf aufmerksam machen, dass wirklich nicht der richtige Moment ist, um mit den Füßen zu scharren.» Er ließ die Rose leise auf den Boden fallen. Alistair schien nichts davon mitbekommen zu haben.

«Das hast du gut gemacht, aber es ist meine Aufgabe, die Hexe hier in Schach zu halten. Und nun gebt mir die Taschenuhr!»

Wladimir und Elenora blickten nervös zu Runa. Sie zwinkerte den beiden zu und formte mir ihrem Mund das Wort: «Jetzt».

Abermals kreiste sie mit ihrem Zeigefinger und flüsterte etwas vor sich hin. Im nächsten Augenblick lösten sich die Degen scheppernd aus ihrer Wandhalterung und schwebten dann über der Kommode. Alistair drehte sich erschrocken um. Runa nutzte den Moment für sich, riss sich von Alistair los und rannte direkt zu den Vampirgeschwistern. Sie stellte sich in Kampfposition vor die beiden hin und sah Alistair herausfordernd an.

«En Garde!», rief sie laut, murmelte dann einen Zauberspruch und deutete mit dem Zeigefinger auf die Degen. Die flogen mit den Griffen voran zu ihr, Elenora und Wladimir. Die drei sprangen auf, schnappten sich je einen der Degen und richteten ihre Degenspitzen auf Alistair.

Alistair hob schockiert beide Hände in die Luft und säuselte beschwichtigend: «Kinder, das können wir doch anders regeln.»

«Nein, können wir nicht», sagte Runa wütend, richtete ihren Zeigefinger auf Alistair und sprach einen Schockzauber. Alistair wirkte augenblicklich benommen und lächelte irritiert vor sich hin.

Wladimir swuschte zu ihm und schnippte mit den Fingern vor seinem Gesicht herum. Alistair reagierte nicht.

«Wie abgefahren ist das denn? Warum hast du das nicht schon früher gemacht?» Wladimir sah schwer beeindruckt zu Runa.

«Erkläre ich euch später. Sehen wir zu, dass er uns nicht folgen kann.» Sie wedelte mit der Hand und murmelte einen weiteren Zauberspruch. Alistair wurde sofort in hunderte von Knoblauchknollen eingewickelt. Es schien ihm überhaupt nichts auszumachen. Er grinste benommen vor sich hin und starrte ins Leere.

«Was meint ihr, reicht diese Knoblauchkette aus, um ihn davon abzuhalten, uns zu folgen, sobald der Schockzauber seine Wirkung verliert?» Sie sah fragend zu den Vampiren, die angeekelt die Nase rümpften und sich bereits an der Türschwelle befanden.

«Die reicht vollkommen», sagte Wladimir. Elenora hielt sich die Nase zu und nickte.

«Super», murmelte Runa schwach. Sie wurde plötzlich ganz bleich und ihre Beine begannen zu zittern.

«Wir fliegen dich raus hier», meinte Elenora besorgt. Sie schritten gemeinsam tapfer durch den Knoblauchduft zu Runa hin und nahmen sie in ihre Mitte. Dann flogen sie mit ihr aus der Gruft, der frischen Nachtluft entgegen.

Notruf zu später Stunde

Wladimir verlor immer wieder an Höhe und Elenora gab ihr Bestes, um Runa so gut wie möglich alleine halten zu können. Sie flogen auf dem direktesten Weg zur Burg, also nicht nur ein paar Meter über Boden, sondern hoch über dem Wald. «Aua!», schrie Wladimir und verlor abermals etwas an Höhe. «Meine Füße sind schon wieder an den Tannen entlanggeschrammt. Zum Glück trage ich noch Turnschuhe.»

«Wenn du so weiterfliegst, dann nicht mehr lange», scherzte Runa, die sich dank der kühlen Luft der Herbstnacht schon deutlich besser fühlte.

«So hoch oben bin ich noch nie geflogen. Das ist ja überwältigend!», kreischte sie dann begeistert.

Sie landeten kurze Zeit später vor der Burg, direkt vor ihren Liegestühlen. Erschöpft ließen sie sich in ihren rostigen Liegen nieder und schauten in den Nachthimmel. Eine ganze Weile lagen sie so da, ohne ein Wort zu sprechen. Dann unterbrach Runa die Stille: «Danke, dass ihr mich befreit und mich in Sicherheit gebracht habt. Ich muss erst wieder ganz zu Kräften kommen.» Sie machte eine kleine Pause, ehe sie fortfuhr: «Was ich euch auch noch sagen wollte, ist, dass es mir leidtut.»

«Was tut dir leid?», fragte Elenora neugierig.

«Dass ich entführt wurde.»

«Dafür musst du dich doch sicher nicht entschuldigen», sagte Elenora, verschränkte die Arme und blickte wieder hoch in den Nachthimmel.

«Wie ist das denn überhaupt passiert?», fragte Wladimir.

«Ich wollte euch doch eure Geschenke bringen», begann Runa.

«Die Sonnenbrillen», ergänze Wladimir.

«Habt ihr etwa spioniert?»

«Nein, also nicht direkt», murmelte Wladimir verlegen, «aber als du plötzlich wie vom Erdboden verschluckt warst, mussten wir uns auf die Suche nach dir machen. Deshalb haben wir natürlich auch in deinem Beutel nachgesehen.»

«Ihr habt nachgesehen, ob ich im Beutel bin?» Runa sah Wladimir verdutzt an.

«Hätte ja sein können, dass du dich versehentlich in den Beutel gehext hast», scherzte Wladimir und fuhr sich durch seine zerzausten Haare.

Die Mädchen sahen sich an und schrien dann vor Lachen.

«Wäre möglich bei mir», sagte Runa, nachdem sie sich von ihrem Lachanfall erholt hatte. Sie atmete tief ein und aus, strich sich eine Locke ihres schwarzen Haares aus dem Gesicht und fuhr fort: «Ich bückte mich gerade zum Besen hinunter, als mich plötzlich jemand von hinten packte, mir den Mund zuhielt und ein Tuch auf die Nase drückte. Kurz bevor ich das Bewusstsein verlor, erinnerte ich mich an meinen Zettel.»

«Was für ein Zettel?» Elenora sah interessiert zu Runa.

«Ich hatte vor Kurzem eine dunkle Vorahnung. Einfach so ein mulmiges, ungutes Gefühl. Ansgar riet mir dann, mich auf das Gefühl einzulassen und einfach intuitiv aufzuschreiben, was ich wahrnehme. Ich habe mir nur ein Wort notiert und den Zettel danach zusammengefaltet, ohne zu lesen, was ich geschrieben habe. Ansgar meinte, ich würde spüren, wenn ich den Zettel brauchen würde. So war es dann auch.» Runa lächelte erleichtert.

«Das ist ja abgefahren!», rief Wladimir mit weit aufgerissenen Augen. «Das möchte ich auch mal ausprobieren!»

«Mach das. Aber kümmere dich vorher lieber noch darum, dass du eine neue

Beschwerungsfledermaus von Eudora bekommst», erinnerte ihn Elenora, dann wandte sie sich zu Runa. «Weißt du, warum die Türen bei Alistair alle offen waren?»

«Ja», meinte Runa stolz. «Es war nämlich so, dass ich den Zettel auf den Waldboden schmiss, in der Hoffnung, ihr würdet ihn finden. Dann verlor ich das Bewusstsein. Als ich wieder zu mir kam, wurde ich gerade durch eine Türe getragen. Ich fühlte mich völlig schwach und in dem Moment gerade nicht in der Lage für einen großen Zauber. Mit der wenigen Zauberkraft, die mir in diesem Augenblick übrig blieb, zauberte ich alle Türen auf. Nicht dass jemand, der nach mir suchen würde, von verschlossenen Türen aufgehalten wird. Danach erinnere ich mich nur noch verschwommen daran, wie Alistair mich in Trance versetzte oder so. Ich fühlte mich nämlich plötzlich ganz benommen und entspannt. Glücklicherweise seid ihr dann aufgetaucht! Dann hatte ich auch wieder die nötige Energie um zu zaubern und auch um den Schockzauber auszuführen. Der hat mich dann wieder viel Kraft gekostet. Zum Glück wart ihr ja dann da, um mit mir aus der Gruft zu fliegen. Danke nochmals für euere heldenhafte Rettung!» Sie lächelte den beiden erleichtert zu.

«Zum Glück ist alles nochmal gut gegangen», sagte Wladimir. Er saß nicht mehr im Liegestuhl, sondern lag bäuchlings auf dem Boden und pulte in der Erde nach Regenwürmern und Käfern.

«Dank des Zettels, auf den du Alistairs Namen geschrieben hast, hatten wir eine Spur und haben dich zum Glück gefunden. Ich bin heilfroh!» Elenora lächelte zufrieden und setzte sich in ihrem Liegestuhl auf.

«Und ich erst», sagte Runa.

«Elenora, mia Vampiroschka, und mein Wladiflugi! Hallo miteinander!» Vater Vladim kam mit einer Handvoll Bücher angeflogen und landete direkt vor ihnen.

«Hexe.» Er nickte Runa zu und schmunzelte.

Runa nickte zurück: «Hallo, Papa von Wladimir und Elenora.»

«Und, Kinder, erzählt, wie ist es gelaufen? Seid ihr vollgetankt mit Mondenergie und bereit für die Sonne morgen?» Er stellte die Bücher auf einem herumliegenden Baumstamm ab und rieb sich erwartungsvoll die Hände.

«Leider nicht», sagte Wladimir, ehe er sich eine ganze Ladung Würmer in den Mund schob und diese genüsslich zerkaute. Vlamdim sah ihn fragend an.

«Gut, dass du kommst, Papa», sagte Elenora.

«Was ist den los, mein kleines Vampirzähnchen?» Er merkte, dass Elenora etwas bedrückte und nahm neben ihr auf dem Liegestuhl Platz.

«Wir wollten sowieso noch zu dir, damit du die Vampirsicherheitsfraktion benachrichtigen kannst.»

«Die VSF soll ich benachrichtigen, weshalb? Was ist passiert?» Vladim sprang entsetzt auf und sah sie erschrocken an.

«Du kennst doch diesen Alistair?»

«Du meinst diesen schmierigen Typen, der seit Jahrhunderten hinter meiner Schwester Eudora her ist?»

«Genau den meine ich.» Elenora sah ihn ernst an.

«Was ist mit ihm?» fragte Vladim erwartungsvoll.

Elenora biss sich auf die Lippen und suchte angestrengt nach den richtigen Worten, um ihren Vater nicht noch mehr in Sorge zu stürzen.

«Er hat mich entführt», antwortete Runa schließlich, stand auch auf und fuhr dann verlegen fort: «Ist jetzt nicht gerade der richtige Zeitpunkt, aber ich habe Durst und sollte dringend mal auf Toilette.»

Vladim hob erstaunt die Augenbrauen und sah dann zu Wladimir. «Bring dem netten

Mädchen doch mal etwas zu trinken und zeig ihr bitte, wo sich die Toilette befindet».

«Papa, wir können Runa doch nicht unser Plumpsklo zumuten», meinte Wladimir besorgt.

Runa verschränkte die Arme und überlegte einen Moment. «Wisst ihr was, ich möchte mir sowieso noch etwas Wärmeres anziehen. Warum fliegen wir nicht einfach kurz zu mir nach Hause? Dann kann ich dort auf Toilette und etwas trinken.»

«Ich fliege mit euch mit, dann könnt ihr mir währenddessen erzählen, was genau vorgefallen ist, und ich kontaktiere anschließend die Vampirsicherheitsfraktion.» Vladim fuhr sich nervös durch die Haare und sah die drei erwartungsvoll an.

«Das klingt nach einem guten Plan, Papa. Ich besorge uns für den Weg nur noch kurz ein paar Blutbeutel. Elenora, möchtest du auch welche?» Wladimir blickte zu seiner Schwester.

«Bring mir einfach das, was du nimmst, bitte.»

«Wird erledigt», Wladimir swuschte los und kehrte innerhalb weniger Sekunden vollbepackt mit Blutbeuteln zurück. «Bitteschön, einmal Wildschein.»

Elenora rümpfte die Nase.

«Dann geh dir dein Blutbeutel doch nächstes Mal selber holen», raunzte Wladimir.

«Schon okay, ich trinke es. Wir sollten uns nämlich langsam auf den Weg machen.»

«Das wollte ich auch gerade sagen. Ich möchte nämlich endlich wissen, was passiert ist», sagte Vladim aufgeregt.

Runa rannte hinter einen der Bäume und kam mit ihrem Besen zurück. «Ich versuche jetzt mal, mit meinem Besen über den Tannen zu fliegen.»

«Super, Runa!», rief Elenora.

«Bereit, wenn ihr es seid!», sagte Runa, atmete tief ein, um Mut für den Flug in luftiger Höhe zu sammeln, und flog dann los.

Die anderen drei folgten ihr. Wladimir verlor schon nach kurzer Zeit den Anschluss. Elenora und ihr Vater flogen in der Mitte. Elenora erzählte ihm ausführlich und wild mit den Händen gestikulierend, was Alistair getan hatte und wie sie sich befreien konnten.

«Potzblitz!», rief Vater Vladim, als er die Geschichte zu Ende gehört hatte. «Ich werde euch zu Runa begleiten und verständige dann sofort die VSF. Die sollen sich aber ruckzuck um Alistair kümmern!» Seine Stimme klang wütend und aufgebracht.

Kaum waren die vier in Runas Garten gelandet, zückte Vladim sein Handy, um die Vampirsicherheitsfraktion zu kontaktieren.

«Warum hat er nicht schon während des Fluges angerufen?», erkundigte sich Wladimir bei Elenora.

«Du kennst doch Papa. Fliegen und gleichzeitig telefonieren ist verboten. Da ist er pingelig.»

Vater Vladim stand ein paar Meter von den Kindern weg und führte mit ernster Miene das Telefongespräch mit der Vampirsicherheitsfraktion. Einige Minuten später kam er zurück. In seinem Gesicht war Erleichterung zu erkennen.

«Die Kampfeinheit der VSF ist bereits losgeflogen und befindet sich derzeit auf der direktesten Fluglinie zur Gruft von Alistair. Sie werden ihn festnehmen und wir werden ihm den Prozess machen.» Er strich sich zufrieden seine schulterlangen Haare nach hinten und zupfte sein dunkelrotes Hemd und seine Weste zurecht.

Runa, Elenora und Wladimir atmeten erleichtert auf.

«Dankeschön», sagte Runa und sah zu Vladim.

«Du musst dich nicht bedanken. Es tut mir leid, dass du von einem der Unsrigen entführt wurdest. Das ist das ja wohl das Mindeste, was ich machen kann», sagte Vladim und beäugte sie kritisch. «Kann ich sonst noch etwas für dich tun?»

«Ja», sagte Runa. Wladimir und Elenora sahen sie erstaunt an und fragten sich, was Runa von Vladim wollen könnte.

«Du bist ja schon sehr alt», begann Runa. Vladim hob erstaunt die Augenbrauen. Eine solche Aussage war auch für einen Vampir seines Alters nicht gerade schmeichelnd.

Runa sprach munter weiter, ohne von Vladims Reaktion Notiz genommen zu haben. «Die Bücherei meines Onkels leidet an einem schlimmen Fimselchenbefall. Ich habe mich gefragt, ob du Fimselchen kennst und vielleicht weißt, wo sie herkommen? Egal wo sie leben, sie müssen dorthin zurück. Sie können nicht in Ansgars Bücherei bleiben. Sie essen ihm dort alle Buchstaben weg, besonders die Märchenabteilung ist bedroht. Die schnörkeligen Buchstaben essen sie am liebsten.»

Vladim zog seine Augenbrauen noch höher. «Was sind Fimselchen?» Er sah Runa neugierig an.

Sie senkte traurig den Kopf. «Schade, wenn du nicht weißt, was Fimselchen sind, kannst du mir leider nicht weiterhelfen», gab sie kleinlaut zur Antwort.

«Entschuldige, Runa. Ich hätte dir gerne geholfen. Aber was sind denn nun Fimselchen?»

«Fimselchen sind grau, puschelig und kaum grösser als ein etwas zu groß geratenes Staubkorn. Sie können fliegen und essen Buchstaben.»

Vladim machte große Augen und sah zu Elenora und Wladimir. «Habt ihr schonmal von Fimselchen gehört?»

«Nein, erst durch Runa.» Elenora sah zu ihrer Freundin.

Vladim bemerkte Runas trauriges Gesicht.

«Weißt du was, Runa? Ich informiere mich mal. Vielleicht weiß jemand meiner Arbeitskollegen etwas über diese Fimselchen.»

Runa nickte dankbar.

«Nun zu eurem Vorhaben», sagte Vladim und sah die drei an. «Wenn ihr morgen an dieses Konzert wollt, solltet ihr euch langsam sputen mit dem Mondzauber. Es sind schon die ersten Wolken am Himmel sichtbar. Nicht, dass ihr am Ende den Zauber nicht vollziehen könnt, weil die Wolken den Vollmond verdecken.»

Runa sah abwesend in den Himmel. «Der Mond scheint heute aber gutgelaunt und ist am Himmel angekommen.»

Vladim runzelte die Stirn und blickte fragend zu Elenora. Die zuckte mit den Schultern und meinte bloß: «Wir verstehen Runa auch nicht immer. Hauptsache, sie weiß, wovon sie spricht.»

Runa sah verträumt zu Wladimir und dann zu Elenora. In einem unerwartet bestimmenden Tonfall sprach sie dann: «Euer Papa hat recht, wir sollten uns beeilen. Ich weiß nicht, wie lange der Mond so leuchten kann, ehe die Wolken sich vor ihn stellen.»

«Also ich würde mir das Spektakel gerne mitansehen», sagte Vladim händereibend. Seine Augen glänzten.

«Das ist eine gute Idee», schmunzelte Runa. «Wenn es euch nichts ausmacht, wäre es freundlich, wenn mir jemand den Zettel mit dem Zauberspruch halten könnte. Dieser befindet sich laut Ambrosius in der Unterseite der Taschenuhr.» Runa linste zu Vladim.

«Selbstverständlich stehe ich gerne unterstützend zur Seite.» Er freute sich sichtlich, dass er dabei sein und seinen Teil zum Gelingen des Zaubers beitragen konnte. Elenora kramte die goldene Uhr aus der Tasche ihres schwarzen Kleides hervor und überreichte sie Runa. Sie nahm die Uhr vorsichtig entgegen, öffnete sie, entnahm das Zettelchen mit dem Zauberspruch und überreichte Vladim die Uhr.

«Was soll ich jetzt mit der Uhr? Ich dachte ich halte den Zettel?» Vladim sah Runa fragend an.

«Es ist wohl doch besser, gerade für das erste Mal, wenn ich mich ganz auf den Zauber konzentrieren kann und nicht auch noch darauf, dass der kleine Spiegel das Mondlicht korrekt auf Elenora und Wladimir reflektiert», anwortete Runa. Sie wirkte jetzt schon hochkonzentriert.

«Das macht Sinn», sagte Vladim überzeugt, nahm die Taschenuhr entgehen und lächelte voller Vorfreude.

Die zwei leuchtenden Kugeln

Die vier standen im Kreis in der Waldlichtung vor Runas Haus. Das Mondlicht schien silbern auf sie hinunter. Runa hielt in der einen Hand den Besen und in der anderen Hand den Zettel mit dem Zauberspruch. Wladimir trat hibbelig von einem Bein aufs andere. Elenora lächelte nervös zu ihrem Bruder.

«Dann positioniere ich mich mal so, dass ich das Mondlicht ideal auf euch beide reflektieren kann», sagte Vladim aufgeregt und erhob sich in die Luft. Mal flog er nach links, mal nach rechts und mal baumelte er kopfüber.

«Papa, was machst du da?»

«Ich versuche nur, den bestmöglichen Winkel für das Mondlicht zu finden. Das erfordert halt auch etwas Körpereinsatz.»

Wladimir verdrehte die Augen.

«Papa, das blendet!», rief Elenora genervt und hielt sich schützend die Hände vor die Augen.

«Ziel erreicht, würde ich sagen!» Vladim lachte stolz auf.

«Wie auch immer. Aber danke, dass du mich nicht mehr blendest.»

«Ja, danke, dass du uns nicht mehr blendest», raunzte Wladimir.

«Wieso? Ich habe nicht aufgehört, euch zu blenden.» Vladim sah verdutzt in den Himmel, dann schlug er sich mit der flachen Hand auf den Kopf. «Oh nein, die Wolke!»

Eine größere Wolke verdeckte den Mond gerade so, dass sein Licht nicht mehr auf die Waldlichtung schien.

«Das Mondlicht ist nur noch dort hinten», sagte Wladimir und deutete auf den Wald. Ganz weit hinten fiel noch etwas vom Licht des Vollmondes silbern auf die Spitzen der Tannen.

«Dann müssen wir das Ganze eben im Fliegen versuchen», meinte Vladim bestimmt, steckte die Taschenuhr in seine Hosentasche und klatschte motiviert in die Hände.

«Was?!», rief Wladimir entsetzt.

«Ich fürchte, Papa hat recht. Die Sonne geht bald auf und der Park beim Friedhof wird genauso im Schatten liegen, wie die Waldlichtung hier», meinte Elenora und sah nachdenklich zum Mond.

«Los, Kinder, sputet euch. Ich denke nicht, dass Mystic Five in einem Monat wieder hier in der Nähe ein Konzert geben werden», rief Vladim und flog los in Richtung Wald.

Runa schnappte sich ihren Besen und sauste Vladim mutig hinterher. Wladimir und Elenora folgten den beiden.

Vladim, der blitzschnell geflogen war, erwartete sie bereits. Er schwebte an Ort und Stelle über den letzten Tannen, die noch im Mondlicht standen. Runa bremste kurz vor ihm ab und schwebte dann neben ihm. Den Zettel mit dem Zauberspruch hatte sie bereits vor sich.

«Dann haltet mal so gut wie möglich still», meinte Vladim zu Elenora und Wladimir, die gerade angesaust kamen.

Vladim hielt den Spiegel der Taschenuhr so, dass das Licht des Mondes durch den Spiegel auf seine beiden Kinder reflektiert wurde.

«Das Mondlicht wird jetzt durch den Spiegel auf beide reflektiert», sagte Vladim wachsam und versuchte, den Spiegel so ruhig wie möglich zu halten. Wladimir und Elenora probierten, ruhig an Ort und Stelle zu fliegen. Besonders Wladimir wirkte hochkonzentriert und die Anstrengung war im sichtlich anzumerken. Für ihn war es besonders schwer, an der gleichen Stelle zu fliegen und nicht an Höhe zu verlieren.

«Seid ihr bereit?», fragte Runa und ihre Augen leuchteten aufgeregt.

«Bereit, wenn ihr es seid», antwortete Elenora.

Wladimir nickte bloß angestrengt und mit zusammengepressten Lippen.

«Ich bin auch bereit», sagte Vladim. Ihm war anzusehen, dass es ihm große Freude bereitete, seinen Kindern bei so einem Abenteuer zur Seite stehen zu können. Er lächelte über das ganze Gesicht. Runa holte tief Luft und sprach dann deutlich und behutsam ein Wort nach dem anderen:

«Amice, luna, redeam!»

Einige Sekunden lang geschah gar nichts. Doch dann passierte etwas Unerwartetes.

Wladimir und Elenora leuchteten auf einmal hell auf und für den staunenden Vladim und die entgeisterte Runa sah es so aus, als ob vor ihnen zwei funkelnde Discokugeln schweben würden.

Die Kugeln schwebten lautlos vor sich hin und drehten sich dann um sich selbst. Erst kreisten sie ganz langsam, wurden dann allmählich schneller und leuchteten immer heller. Vladim und Runa wurde alleine vom Zusehen schon ganz schwindelig.

Einen Augenblick später erschienen wieder Wladimir und Elenora, so als wäre nichts gewesen.

«Oh weh, zum Glück seid ihr wieder da. Ich habe schon gedacht, ich hätte mich wieder einmal verzaubert», sagte Runa entsetzt und fasste sich aufgebracht an die Stirn.

«Elenora, mia Vampiroschka und mein Wladiflugi, Potzblitz, habt ihr geleuchtet! Also, so kurzzeitig fühlte ich mich an meine Jugendtage in der Disco zurückerinnert», sagte Vladim und zwinkerte ihnen schelmisch zu.

Elenora und Wladimir kannten ihren Vater aber so gut, dass sie ganz genau wussten, dass er sich in der kurzen Zeit, in der sie als leuchtende Kugeln vor ihm schwebten, ungeheuerliche Sorgen gemacht hatte.

Vladim steckte die Uhr zurück in seine Hosentasche, flog auf sie zu und drückte beide einmal lange an sich.

«Was meint ihr, hat es geklappt?», fragte Runa vorsichtig.

Vladim löste sich aus der Umarmung und musterte Elenora und Wladimir. Er hob die Arme von den beiden und flog einmal um sie herum. «Alles noch dran», sagte er nach kurzer Inspektion und fügte hinzu: «Ich würde sagen, es hat geklappt, zumindest sind beide noch ganz. Den Rest werdet ihr wohl erst herausfinden, wenn die Sonne scheint.» Dann flog er zu Runa hin und klopfte ihr auf die Schulter. «Gut gemacht, kleine Hexe.» Er sah sie fröhlich an, klatschte dann in die Hände und meinte: «So, für mich wird es langsam Zeit, nach Hause zu fliegen und mich schlafen zu legen. Bald geht die Sonne auf.»

«Mach das, Papa, und danke für deine Hilfe!» Elenora lächelte ihn an.

«Danke», murmelte Wladimir.

«Auch ich habe zu danken», sagte Runa.

«Habe ich gern gemacht», sagte Vladim und setzte schon zum Rückflug an, ehe er sich noch einmal umdrehte. «Vielleicht», er hob seinen Zeigefinger in die Luft und sprach weiter: «Vielleicht solltet ihr erst einfach euren großen Zeh in die Sonne halten und testen, ob er dranbleibt oder verbrennt.»

Elenora und Wladimir sahen sich stirnrunzelnd an. «Wie auch immer, ich möchte nicht, dass ihr gleich ganz in die Sonne tretet», meinte Vladim eindringlich.

«Werden wir nicht, Papa», sagte Elenora.

«Na dann, viel Spaß bei dem Konzert und genießt den Sonnenaufgang für mich mit», sagte er und machte mit schwerem Herzen kehrt, in der festen Hoffnung, seinen Kindern möge nichts passieren.

Vampire im Sonnenlicht

Von meinem Zimmerfenster aus sieht man prima den Sonnenaufgang. Dort genießt man sozusagen den besten Ausblick», sagte Runa fröhlich und hielt Wladimir und Elenora die Haustüre auf.

«Bester Ausblick klingt super!» Elenora lächelte voller Vorfreude. Sie folgte Runa die Treppe hoch und Wladimir schlurfte ihnen mit schweren Füßen hinterher.

«Hauptsache, ich habe mal eine Pause von der ständigen Fliegerei», murrte er erschöpft.

Die drei gingen in Runas Zimmer.

Ihr Zimmer war klein und gemütlich. Das Fenster befand sich gegenüber der Türe und war, im Verhältnis zum restlichen Raum, auffallend groß. Auf einem Stuhl lagen ein Paar zusammengeknüllter Jeans und neben dem Stuhl stand ein schwarzer Topf, der genauso aussah wie einer dieser typischen Kessel, die Hexen zum Brauen von Zaubertränken benutzten. Rechts neben der Türe stand Runas Bett. Es war schwarz und schmiedeeisern mit Schnörkeln. Am Kopfteil des Bettes hingen verschiedene, leuchtende Lichter. Die einen Lichtlein hatten eine Herzform, andere hatten die Form von kleinen Halbmonden.

Die drei standen vor dem großen Zimmerfenster und sahen hinaus. Vom Fenster sah man den Garten mit dem Weiher und den dahinterliegenden Wald.

«Wenn man den Sonnenaufgang von hier aus beobachtet, wirkt es fast so, als würde die Sonne aus den Bäumen geboren», murmelte Runa und blickte zufrieden aus dem Fenster. Wladimir schmunzelte.

«Die Sonne sollte ja bald aufgehen», meinte Elenora. Beim Gedanken daran wurde sie etwas nervös. Sie sah verstohlen zu ihrem

Bruder hin, der neben ihr stand. Er wirkte überhaupt nicht nervös, sondern erschöpft.

«Darf ich mich auf dein Bett setzen?», fragte Wladimir müde.

«Selbstverständlich. Ihr dürft euch auch hinlegen. Fühlt euch wie zuhause!», antwortete Runa.

Wladimir und Elenora setzten sich auf die blaue Bettdecke. Runa platzierte sich zwischen den beiden und sah glücklich aus dem Fenster.

«Was meint ihr, dauert es noch lange?», flüsterte Wladimir fragend und gähnte.

«Das kann ich dir nicht beantworten», murmelte Elenora nun ebenfalls gähnend.

«Es sollte in ein paar Minuten soweit sein. Schlaft nur nicht schon vorher ein», ermahnte sie Runa.

«Wir geben unser Bestes», Wladimir gähnte erneut. Nun musste auch Runa gähnen.

Plötzlich begann es zu regnen. Vereinzelte Regentropfen klopften ans Fenster.

«Oh nein, ich hoffe, der Regen macht uns keinen Strich durch die Rechnung», brummte Wladimir und sah verärgert aus dem Fenster.

«Die Sonne wird immer aufgehen, auch wenn es regnet», sagte Runa aufmunternd, stand dann auf und öffnete das Fenster. «Riecht ihr den Regen?» Sie hielt ihre Nase in die Höhe, nahm ein paar tiefe Atemzüge und gähnte erneut.

Elenora schmunzelte und legte sich auf den Bauch. «Darf ich dieses Kuschelkissen benutzen?», fragte sie und zeigte auf ein weißes Kissen in Form eines Sterns.

Runa sah Elenora an und nickte. «Der Duft, wenn es geregnet hat, ist wie der Duft von Büchern. Beides sind Düfte, die der Seele frisches Leben einhauchen und ihr neue Welten eröffnen», murmelte Runa und sah gedankenverloren aus dem Fenster.

«Mag sein, dass es gut riecht, wenn es regnet, aber beim Fliegen stört mich der

Regen», gab Wladimir grummelig zur Antwort.

«Dafür wird die Welt geputzt und die Natur bekommt zu trinken», erinnerte Elenora.

«Genau», sagte Runa. Sie legte sich auf den Rücken und starrte an die Decke. Wladimir tat es ihr gleich.

«Weißt du, was dir hier fehlt?», fragte er, nachdem er eine ganze Weile die Zimmerdecke mit den hingemalten gelben Sternen betrachtet hatte.

«Nein, was fehlt?», fragte Runa.

«Es fehlt ein Seil an deiner Zimmerdecke, um daran abzuhängen», antwortete Wladimir. Elenora gähnte.

«Ihr müsst wach bleiben!» befahl Runa, setzte sich auf und hüpfte auf dem Bett auf und ab. «Ihr dürft doch nicht euren ersten Tag seit Jahrhunderten verschlafen!»

Elenora und Wladimir lächelten müde.

«Irgendwie würde das zu uns passen», lachte Wladimir und hüpfte nun ebenfalls auf dem Bett herum.

Elenora setzte sich auf und sah aus dem Fenster. «Es hat aufgehört zu regnen», sagte sie erfreut. Runa und Wladimir beendeten ihr wildes Gehüpfe und setzten sich zu Elenora.

«Und seht mal, wer da zum Vorschein kommt!», Runa zeigte aus dem Fenster. Die ersten Sonnenstrahlen tauchten hinter dem Wald auf.

Elenora und Wladimir saßen staunend und mit offenen Mündern da und beobachteten, wie die Sonne langsam am Horizont aufging. Die ersten Strahlen kamen immer näher. Reflexartig swuschten die beiden augenblicklich in die dunkelste Ecke des Zimmers. «Entschuldige, Runa, aber das ist die Macht der Gewohnheit», sagte Elenora und drückte sich in die Ecke des Zimmers.

Die ersten Strahlen fielen nun direkt auf Runas Bett.

«Was meint ihr, traut ihr euch, den großen Zeh ins Sonnenlicht zu halten, um zu sehen, ob der Zauber wirkt oder ob euer Zeh ...», Runa verstummte und sah nervös zu den

Vampirgeschwistern, die immer noch regungslos in der Zimmerecke standen. Sie presste die Lippen zusammen und ließ den Satz unbeendet.

«Naja», murrte Wladimir nach einer Weile mutig, «Wenn wir es nicht wagen, finden wir es wohl nie heraus.»

Tapfer setzte er einen Fuß vor den anderen und begab sich langsam zu Runas Bett hin. Dort zog er sich seine schwarze Socke aus und bewegte seinen Fuß langsam in Richtung Sonnenlicht, bis sich sein großer Zeh in der Sonne befand.

Wladimir schrie plötzlich schmerzverzehrt auf und hielt sich die Hände vors Gesicht.

Elenora schrie ebenfalls laut auf und Runa rief verzweifelt: «Hast du dich verbrannt?»

«Scherz!», rief Wladimir, zappelte mit seinem großen Zeh und lachte schelmisch.

«Du bist sowas von daneben!», zischte Elenora außer sich vor Wut.

«War doch nur ein Spaß!» Wladimir sah seine Schwester entschuldigend an.

«Toller Spaß», murmelte Elenora.

Wladimir hielt nun sein ganzes Bein in die Sonne. Nichts passierte. Das Bein fing kein Feuer. Mutig sprang er aufs Bett. Er war jetzt mit seinem ganzen Körper in der Sonne und es schien ihm gut zu gehen. Elenora sah staunend ihren Bruder an, wie er so vor ihr mitten im Sonnenlicht auf dem Bett saß. Dann nahm sie all ihren Mut zusammen und ging zu ihm. Sie hielt ebenfalls erst ihren großen Zeh in die Sonne, dann das Bein und schließlich sprang sie auf die weiche Bettdecke. Tränen des Glücks schossen ihr in die Augen und sie umarmte ihren Bruder.

«Gruppenknuddel!», rief Runa und umarmte die im Sonnenlicht sitzenden Vampire.

«Es ist einfach wundervoll nach all den Jahrhunderten, wieder in der Sonne zu sein!», rief Elenora erfreut. Sie legte sich hin, dann starrte sie glücklich vor sich hin und lächelte müde.

«Wirklich schön», nuschelte Wladimir und legte sich neben seine Schwester.

Sie ließen die Sonne auf sich scheinen und genossen den Moment.

«Wie schön, wieder einmal die Sonne zu spüren und zu sehen, auch wenn sie blendet», grinste Wladimir.

Elenora setzte sich auf, swuschte zum Fenster und hielt ihr Gesicht der Sonne entgegen. Dann stieß sie einen Jauchzer der Freude aus und swuschte zurück zum Bett. Wladimir sah stolz zur Decke. «Wow, erst wird Runa entführt, wir kämpfen gegen einen bösen Vampir und dann zaubern wir uns noch sonnentauglich. Was für eine aufregende Nacht und was für tolle Morgenstunden!»

«Es war aber auch anstrengend», murmelte Runa und schloss erschöpft die Augen.

Kunstaktion wider Willen

Verhexter Mist und Krötenspucke!», rief Runa und sprang vom Bett. Wladimir und Elenora öffneten noch schlaftrunken ihre Augen und sahen verwirrt zu Runa, die wie von der Tarantel gestochen im Zimmer auf und ab rannte. Sie packte. Allerhand landete in ihrem violetten Strickbeutel. Zu guter Letzt versuchte sie, eine größere Brieftasche im kleinen Beutel zu verstauen. Das schien nicht zu klappen. So sehr Runa auch die Brieftasche in den Beutel zu drücken versuchte, sie wollte einfach nicht hineinpassen.

«Na schön, dann muss ich dich halt klein zaubern.» Sie kratzte sich am Kopf und runzelte die Stirn. «Wie ging der Zauberspruch nochmals?», dachte sie laut vor sich hin. Sie kaute nachdenklich auf ihrer Unterlippe herum und plötzlich erhellte sich ihr Gesicht. «Aha! Ich weiß es wieder!», rief sie erfreut, schnippte mit den Fingern und murmelte etwas vor sich hin. Der Geldbeutel wurde klitzeklein und hüpfte, als würde er nie etwas anderes machen, in den violetten Beutel. «Na schön, es ist gepackt. Jetzt fehlt nur noch ihr zwei!» Runa zeigte auf Wladimir und Elenora die sich unterdessen im Bett aufgesetzt hatten und einander verwirrt ansahen. «Ja, wollt ihr denn jetzt zum Konzert oder nicht? Wir müssen in einer Stunde dort sein und die Zugfahrt dauert auch ihre Zeit.»

Elenora rieb sich in den Augen. «Oh meine Güte!», rief sie und sprang auf. «Haben wir etwa verschlafen?»

«Noch schaffen wir es rechtzeitig, aber wir müssen uns sputen. Der Zug fährt in zehn Minuten los.» Runa sah nervös auf ihr Handy.

«Warum nehmen wir den Zug? Wir können ja fliegen», schlug Wladimir vor.

«Über den Bollberg? Der hat eine Steilwand», Runa sah ihn mit weit aufgerissenen Augen an. «Ich glaube, so hoch fliegen du und ich nicht.»

«Dann flieg ich schonmal vor und halte euch zwei gute Plätze frei», scherzte Elenora. Runa sah sie irritiert an.

«Das war ein Witz, Runa!»

«Ach so. Aber für Scherze haben wir jetzt keine Zeit. Los, kommt!» Eilig lief sie mit Wladimir und Elenora im Schlepptau die Treppen hinunter und prallte fast mit Ansgar zusammen, der sich mit einer Tasse Tee in der Hand gerade auf dem Weg ins Wohnzimmer befand.

«Ihr habt es nicht zufällig eilig?», schmunzelte er und zwinkerte Runa zu.

«Wir müssen ans Konzert von Mystic Five!», rief Runa hastig, während sie sich ihre rote Jeansjacke anzog.

«Aber die beiden da sollten doch nicht ins Sonnenlicht?», sagte Ansgar besorgt und zeigte auf Wladimir und Elenora.

«Ich erkläre dir später alles!», antwortete Runa und die drei verließen das Haus. Ansgar sah ihnen kopfschüttelnd hinterher.

«Beeesen!» rief Runa.

Im großen Himbeerstrauch, der sich neben dem Weiher befand, raschelte es. Runas Besen tauchte darunter auf und flog zu ihr.

«Hast du die Nacht im Himbeerstrauch verbracht?» Der Besen bewegte sich, wie um die Frage zu bejahen, auf und ab. «Du weißt aber, dass du auch bei mir im Zimmer sein kannst?» Runa sah den Besen lächelnd an. Der Besen bewegte sich abermals auf und ab. «Aber du schläfst lieber draußen im Himbeerstrauch?» Der Besen bejahte erneut. «Na dann», sagte Runa, stieg auf den Besen und sah zu Wladimir und Elenora. «Können wir los?»

«Ja, können wir», meinte Elenora und lachte voller Vorfreude.

Wladimir sah den Besen perplex an und nickte.

Sie hoben ab und nahmen die direkte Fluglinie zum Bahnhof Fintogtur in Kotoinen.

«Also von Kotoinen aus fahren wir die drei Stationen bis zur Haltestelle Sonnenwald in Lomisgarden», rief Runa im Flug den Vampiren zu.

Beim Bahnhof Fintogtur angekommen, bückte sich Runa zu ihrem Besen und murmelte ihm etwas zu. Daraufhin flog dieser davon.

«Was hast du ihm gesagt?» Wladimir sah sie neugierig an.

«Ich habe ihm gesagt, dass er wieder nach Hause kann. Ich rufe ihm dann, wenn wir wieder nachhause fliegen wollen.»

«Du meinst, er hört dich über diese Entfernung?» Wladimirs Augen weiteten sich erstaunt.

«Nein, das könnte er nicht. Aber eine Hexe und ihr Besen haben eine ganz spezielle Verbindung. Er spürt, wenn ich ihn rufe und brauche und kann mich dann auch finden.»

«Ach so. Das klingt ziemlich modern.»

«Gehört zum jahrhundertealten Hexenwerk», antwortete Runa und lächelte.

«Wir sollten langsam los», erinnerte Elenora.

«Habt ihr schonmal ein Ticket an einem Bahnhofsschalter gelöst?» Runa sah neugierig zu den Vampiren.

«Nein», antwortete Wladimir.

«Kein Problem», antwortete Runa. Die drei gingen zum Automaten.

«Papa hat mir noch Geld in die Hand gedrückt», erinnerte sich Elenora.

«Ich lade euch ein», meinte Runa lächelnd und löste drei Tickets.

«Dankeschön», antworteten Elenora und Wladimir wie aus einem Mund.

Der Zug fuhr mit einem gellenden Pfiff im Bahnhof ein. Als er zum Stillstand kam und sich die Türen öffneten, stiegen die drei ein.

Der Zug war voll. Jede Sitzgelegenheit war besetzt. Die meisten Fahrgäste waren jung und trugen Mystic Five-T-Shirts. Die Vorfreude auf das Konzert stand ihnen ins Gesicht geschrieben. Einige von ihnen sangen «That light in your eyes», eines der bekanntesten Lieder der Band.

Runa hielt sich an einer Stange fest. Elenora tat es ihr gleich. Wladimir hangelte sich über die Stange an der Decke und baumelte kopfüber an dieser hinunter. Er grinste frech und döste dann vor sich hin. Elenora warf ihm einen ermahnenden Blick zu.

Eine alte Dame erhob sich plötzlich von ihrem Platz. Sie trug einen Hosenanzug und hatte ihre weißen Haare zu einem strengen Dutt gebunden. Sie wirkte sehr gepflegt. Ohne zu zögern schritt sie auf den kopfüberhängenden und vor sich hindösenden Wladimir zu und räusperte sich. Wladimir blinzelte und zuckte erschrocken zusammen, als er direkt vor sich die Frau erblickte. Sie lächelte ihn milde an. «Schön, dass es heute noch Raum für freie Kunstaktionen gibt», sagte sie mit piepsiger Stimme und streckte ihm einen Geldschein entgegen. Wladimir nickte staatsmännisch und nahm die Note nickend entgegen. Er steckte sie in seine Hosentasche und lugte verschmitzt zu Elenora und Runa. Elenora schüttelte genervt den Kopf und verdrehte die Augen. Runa lachte leise. Wladimir lächelte noch einmal über das ganze Gesicht und döste dann weiter vor sich hin.

«Bei der nächsten Haltestelle müssen wir aussteigen», erinnerte Runa. Die Bäume und Häuser zogen an ihnen vorbei. Der Himmel draußen war in ein schönes rotes Licht gefärbt. Nichts erinnerte mehr an den Regen vom Morgen. «Lange wird die Sonne nicht mehr scheinen. Im Herbst ist es ja nicht mehr so lange hell», stellte Runa fest, als sie aus dem Zugfenster den Horizont erblickte.

«Nächste Haltestelle: Sonnenwald», ertönte es durch die Lautsprecher, ehe der Zug langsamer wurde und kurz darauf zum Stillstand kam. Wladimir, Elenora und Runa stiegen aus.

«Das blendet!», schrie Elenora und hielt sich schützend die Hände vor die Augen. Wladimir wandte seinen Kopf von der Sonne ab.

«Wartet mal kurz», sagte Runa und kramte in ihrem violetten Beutel. «Ich habe euch die Sonnenbrillen, die ich euch geschenkt habe, miteingepackt.»

«Wie vorausschauend!» Elenora nahm die Brille dankbar entgegen. Sie sah um sich und genoss den Anblick des Tages. Auch Wladimir hatte seine Sonnenbrille aufgesetzt und sah zufrieden um sich.

«Dann sind wir nun bereit!» Runa strich sich eine Haarsträhne aus dem Gesicht und lächelte.

«Sind wir!» Elenora lachte wie ein Honigkuchenpferd.

Ein Käfer flog dicht an Wladimirs Gesicht vorbei. Wladimir schnappte nach dem Käfer und aß ihn. «Nicht in der Öffentlichkeit», raunte Runa, die gerade mitverfolgt hatte, wie sich Wladimir einen kleinen Happen genehmigte. Er blieb kurz stehen, verdrehte genervt die Augen und lief dann den Mädchen hinterher in Richtung Stadion.

Beim Stadion angekommen passierten sie nach der Ticketkontrolle noch einen weiteren Kontrollposten, bei dem Jacken, Taschen und Rucksäcke kontrolliert wurden. Runa durfte ihr violettes Beutelchen mit ins Stadion nehmen. Der Security-Mann, der sie kontrolliert hatte, schien seine Arbeit nicht wirklich ernst zu nehmen. Er hatte Runas Beutel nicht angefasst, sondern ihn nur schräg von oben herab beäugt und sie durchgewunken. Kurz vor dem Eingang in die Halle wurde ihnen ein pinkes LED-Bändchen angezogen. Der Junge, der Runa das Bändchen anzog und nicht umhinkam, ihren skeptischen Blick zu bemerken, meinte lächelnd: «Das wird super mit den Bändchen, mehr darf ich aber nicht verraten.» Er grinste Runa an, die immer noch kritisch das Bändchen beäugte.

«Kommt!» Elenora zog Runa am Arm und lief los. Wladimir bildete das Schlusslicht. Er hatte es nicht eilig, für ihn spielte es ja keine Rolle, wo sie letztlich standen, um das Konzert zu erleben.

Das Sonnenwaldstadion war bis auf den letzten Platz ausverkauft. Die Fans von Mystic Five standen dicht beieinander. Wladimir, Elenora und Runa liefen durch die Menge nach vorne und konnten sich Plätze in der zweiten Reihe ergattern. Die Mädchen hüpften vor Vorfreude auf und ab. Wladimir verdrehte die Augen und blickte in den wolkenlosen Himmel. Die Sonne warf vereinzelte Strahlen ins Publikum und zauberte Sommerstimmung ins Stadion. Musik ertönte und die Vorband betrat die Bühne. Die drei Jungs, allesamt mit derselben Kurzhaarrfrisur, stellten sich vor und legten dann gleich los. Ihre Lieder klangen alle sehr ähnlich und ihr Auftritt plätscherte gemächlich vor sich hin, ohne dass das Publikum mitgerissen wurde. Glücklicherweise verabschiedeten sie sich nach ein paar wenigen Liedern und verließen die Bühne.

Vorfreude auf Mystic Five lag in der Luft. Runa und Elenora hielten sich aufgeregt an den Händen. Die Sonne war schon fast untergegangen. Nur noch vereinzelte Strahlen fielen ins Stadion, als die Lichter auf der Bühne erloschen. Es war kaum noch etwas zu erkennen. Elenora und Runa blickten nervös zur Bühne. Einen Augenblick später leuchteten alle Scheinwerfer hell auf und die Fans kreischten und johlten begeistert los, als die fünf Jungs von Mystic Five die Bühne betraten. Besonders laut wurden die Jubelschreie, als das letzte Gruppenmitglied die Bühne betrat. Es war Alexis, der Sänger der Band. Wie die anderen Bandmitglieder trug auch er schwarze Hosen und ein weißes Hemd, bei dem die obersten Knöpfe offen waren. Elenora verschlug es den Atem, als sie ihren Schwarm so wenige Meter von sich entfernt, erblickte. Alexis fuhr sich langsam durch seine schwarzen, schulterlangen Haare und lächelte. Die Fans schrien vor Begeisterung los. Dann blickte der charismatische Sänger mit den tiefblauen Augen in die Menge. Er sah langsam von links nach rechts. Als er Elenora sah, blieb sein Blick für ein paar Sekunden an ihr haften. Seine Augen leuchten auf. Er wirkte ganz plötzlich etwas unsicher. Dann strich er sich wieder durch die Haare, schenkte ihr ein schiefes Lächeln und zwinkerte ihr zu.

«Meine Güte! Er hat dir zugezwinkert!», schrie Runa.

Ein wildgewordener Schwarm von Schmetterlingen war nichts gegen das Feuerwerk, das Elenora in ihrem Bauch verspürte. Alexis begann mit sanfter Stimme zu singen. Wie verzaubert lauschten Runa und Elenora dem Konzert. Sie waren überglücklich. Die Band spielte mehrere Lieder, aber Wladimir sagte die Musik immer noch nicht sonderlich zu, auch wenn er die

Band jetzt live hören konnte. Er sah immer wieder in den Himmel, der nun in ein helles rosa gefärbt war. Nur wenige Sonnenstrahlen fielen ins Stadion. Eine Fliege durchkreuzte seinen Blick. Schnell schnappte er nach ihr und aß sie auf. Er schaute verstohlen um sich, aber es schien niemand bemerkt zu haben, dass er sich einen kleinen Snack genehmigt hatte. Alle Blicke waren auf die Bühne gerichtet und es wurde lauthals mitgesungen. Beim Lied «Spooky Night» tanzte das Publikum besonders wild auf und ab. Der Bass dröhnte laut aus den Boxen. Runa und Elenora tanzten begeistert vor sich hin. Als der letzte Ton des Liedes verklungen war, gingen die Bühnenlichter aus. Es war dunkel.

Nur einige Sekunden später erklangen die ersten paar Töne von «That light in your eyes», die Fans kreischten und zeitgleich leuchteten hunderte weiße Lichter von den LED-Armbändchen auf. Wladimir,

Elenora und Runa sahen erstaunt auf ihre leuchtenden Bändchen und blickten dann um sich. Das ganze Stadion sah aus wie ein Sternenhimmel und sie befanden sich inmitten von diesem Sternenmeer aus tanzenden Lichtern.

Die Lichter waren überwältigend schön. Die Bändchen blinkten im Takt zur Melodie und leuchteten einmal allesamt gleichzeitig auf und dann von der linken Seite der Konzerthalle bis hin zur rechten Seite. Am Ende des Liedes leuchteten noch einmal alle Lichter der Armbänder auf, bevor sie zeitgleich erloschen. Für einen kurzen Moment war es wieder dunkel. Dann gingen die Scheinwerfer erneut an. Die fünf Jungs von Mystic Five standen zuvorderst am Bühnenrand und verbeugten sich galant, ehe sie sich von ihren begeisterten Fans mit Handküsschen und unter tosendem Applaus und Gekreische verabschiedeten. Die Fans waren außer sich vor Begeisterung und verlangten eine Zugabe. Nach mehreren bittenden Rufen betrat die Band erneut die Bühne. Nach «Take me with you» spielten sie noch die Lieder «Endless love» und «My best time» ehe sich die Jungs endgültig verabschiedeten.

Die Konzertbesucher verließen verschwitzt und glücklich das Sonnenwaldstadion. Auch Wladimir, Elenora und Runa begaben sich nach draußen. Die Nacht war hereingebrochen. Nur noch die Lichter des Stadions und der Straßenlaternen erhellten die Wege. Die drei liefen zum Waldrand und setzten sich dort erschöpft und glücklich auf eine Holzbank.

«Das Konzert war genial!» Elenora blickte zufrieden in den Nachthimmel.

«Wir waren fast bei den Sternen», meinte Runa verträumt. Wladimir gönnte sich erneut ein Häppchen in Form eines vorbeifliegenden Nachtfalters. «Ja, das Konzert war ganz okay», murmelte er schmatzend vor sich hin.

Als fast keine Leute mehr zu sehen waren und sich alle Konzertbesucher außer Hörweite befanden, rief Runa «Beeesen!».

Wenige Minuten später kam ihr Besen angesaust, direkt in ihre Hände.

«Ich brauche dringend mal etwas richtiges zwischen die Zähne», sagte Wladimir.

«Dann ab nach Hause, würde ich sagen.» Elenora stand auf und zupfte ihr schwarzes Kleid mit den langen Fledermausärmeln zurecht.

«Darf ich euch noch begleiten? Ich bin noch viel zu aufgedreht, um schlafen zu gehen. Außerdem habe ich ja schon ziemlich viel geschlafen.» Runa sah die Vampire erwartungsvoll an.

«Selbstverständlich», antwortete Elenora.

«Also, dann fliegen wir los. Auf drei?», fragte Wladimir, doch Elenora sauste schon hoch über den Tannen.

«Das macht sie immer wieder», murmelte Wladimir genervt vor sich hin und flog ebenfalls los, dicht gefolgt von Runa.

Zeit für neue Abenteuer

Vladim und Celeste hingen kopfüber am Drahtseil, das einmal quer durch die Bibliothek gespannt war. Sie hielten Händchen und gaben sich gerade verliebt einen Nasenkuss, als die Tür aufflog.

«Mama! Papa! Das war einfach abgefahren!» Elenora stürmte in die Bibliothek und sah glücklich zu ihren Eltern.

Vladim und Celeste sprangen vom Seil und swuschten zu ihr hin. Celeste schloss sie sofort in ihre Arme. Vladim stand nervös daneben, bückte sich dann und inspizierte Elenoras Fuß.

«Sieht aus, als wäre alles noch dran. Auch wenn es mit Schuh schwierig zu beurteilen ist, ob du noch alle Zehen hast», flaxte er.

«Die Zehen sind noch alle dran. Auch der Rest von mir ist heil geblieben», grinste Elenora und fügte überschwänglich hinzu: «Die Sonne war herrlich! Abgesehen davon, dass Wladimir und ich diese Helligkeit nicht mehr gewohnt sind. Glücklicherweise hat Runa uns Sonnenbrillen geschenkt.»

Die Tür sprang erneut auf und Wladimir und Runa traten ein.

«Ich musste erst einmal etwas Blut aus dem Kühler holen. Runa hat mich begleitet», Wladimir hatte zwei Blutbeutel in der einen Hand und in der anderen hielt er einen dritten, aus dem er in gierigen Schlucken trank.

«Er brauchte nur jemanden, der ihm beim Tragen der Blutbeutel hilft», lachte Runa. Sie hatte vier Blutbeutel in den Händen.

«Hier, für dich, Elenora», sagte sie und überreichte ihr zwei davon.

«Für wenn sind die anderen beiden?» Vladim zeigte neugierig auf die beiden Blutbeutel in Runas Händen.

«Für mich natürlich», nuschelte Wladimir, während er trank.

«Da hat aber jemand großen Durst», Celeste lächelte und wuschelte Wladimir liebevoll durchs Haar.

«Nicht meine Haare durcheinander-wuscheln!» Er warf ihr einen verärgerten Blick zu.

«Als ob das etwas an deiner Frisur ändern würde», sagte Elenora und schnalzte mit der Zunge.

«Wie geht es dir, Runa? Hast du dich gut erholt von gestern Nacht?» Celeste sah besorgt zu Runa.

«Ja, ich habe mich erholt», antwortete Runa lächelnd und zeigte auf Celestes bodenlanges, orangefarbenes Kleid mit Wildblumenmotiven. «Schönes Kleid.»

«Danke», antwortete Celeste erfreut.

Vladim rieb seine Hände aneinander und blickte aufgeregt in die Runde. «Na, wie war der Tag? Was habt ihr so gemacht und wie war das Konzert?»

«Also», murmelte Wladimir und sah verlegen zu Boden. Er druckste einen Moment herum und antwortete schließlich: «Wir haben verschlafen.»

«Was?» Vladim sah abwechselnd von Elenora zu Wladimir.

«Naja, nach dem ganzen Abenteuer und der Aufregung waren wir viel zu erschöpft. Immerhin schlafen wir um diese Zeit ja auch.»

«Schlafen könnt ihr noch genug, wenn ihr im Sarg liegt», sagte Vladim zwinkernd.

«Lass doch die Kinder, Vladim, sie hatten ja wirklich sehr viel Aufregung.» Celeste strich Vladim über den Oberarm.

«Meine Süßwasserperle, wie recht du hast. Aber zu unserer Zeit hätte es das nicht gegeben! Damals hätten wir den Tag zur Nacht gemacht.»

«Meinst du nicht die Nacht zum Tag gemacht?», fragte Runa grinsend und merkte im selben Moment, dass es bei

Vampiren ja wohl umgekehrt sein musste. «Ach so, bei euch ist es ja umgekehrt», fügte sie schnell hinzu. Elenora kicherte.

«Erzählt nun, Kinder», sagte Celeste mit sanfter Stimme und hängte sich wieder kopfüber ans Drahtseil. Sie hielt die Hände gefaltet und sah gespannt zu Elenora, Runa und Wladimir.

«Er war einfach bezaubernd!», schwärmte Elenora.

«Also dann hattet ihr doch noch etwas vom Tag?», fragte Celeste, hob eine Augenbraue und steckte sich eine Haarsträhne, die sich aus ihrer Frisur gelöst hatte, wieder in ihren Dutt zurück.

«Ich glaube, sie spricht nicht vom Tag, oder?» Wladimir beäugte seine Schwester neugierig.

«Ach so, nein. Ich spreche von Alexis natürlich»

«Natürlich», antwortete Celeste und schmunzelte.

«Nun lasst mal den Künstler sprechen», sagte Wladimir mit stolzgeschwellter Brust und holte den Geldschein hervor, den er im Zug von der alten Dame bekommen hatte.

«Woher hast du das Geld?», fragte Vladim neugierig.

«Von einer Frau, die mein Potenzial erkannte», erklärte Wladimir und reckte stolz sein Kinn in die Höhe.

«Er hing im Zug kopfüber an einer Stange und eine ältere Dame hat gemeint, er mache damit sowas wie eine Kunstaktion», klärte Elenora auf.

«Was hast du gemacht? Du hast kopfüber im Zug gehangen? Ich muss euch wohl noch Regeln aufstellen für das Verhalten bei Tageslicht!», polterte Vladim.

Die Tür öffnete sich und Onkel Victor trat ein. Er trug wie immer schwarze Stoffhosen und ein weißes Unterhemd, das seinen dicken Bauch unvorteilhaft betonte. In der einen Hand hielt er eine Schüssel getrockneter

Glühwürmchen, mit der anderen fuhr er sich über seine Glatze und sah in die Runde. Sein Blick blieb einen kurzen Moment bei Runa hängen. Dann sah er zu Celeste.

«Celeste, meine Teure, du hast nicht zufällig meine Schüssel mit den getrockneten Larven gesehen? Ich schaue mir einen Film an. Da brauche ich natürlich meine Knabbereien.» Er lächelte unsicher in die Runde.

«Leider nicht, Victor.»

«Dankeschön», murmelte er kleinlaut und ging enttäuscht aus der Bibliothek. Sobald er außer Hörweite war, sagte Celeste augenzwinkernd: «Ambrosia hat sie versteckt. Sie ist der Meinung, dass er weniger ungesunde Snacks in sich hineinstopfen sollte.»

Wladimir, Elenora und Runa lachten laut auf.

«Da hat sie schon recht, die gute Ambrosia», sagte Vladim in ernstem Ton.

«Schade, dass Victor gleich wieder gegangen ist. Ich wollte ihm doch noch von der Taschenuhr erzählen. Vielleicht möchte er ja auch mal am Tag nach draußen», seufzte Elenora.

«Ich denke nicht, du kennst ihn doch. Seit dem Tag, an dem wir in Vampire verwandelt wurden, hat er seiner einzigen Freizeitbeschäftigung, der Fotografie, abgeschworen. Am liebsten verkriecht er sich in einem Zimmer, isst und sieht fern. Außerdem halten wir bald einen Familienrat ab, dann erzählen wir allen von der Uhr. Schade nur, dass nicht alle sie benutzen können», sagte Vladim betrübt.

«Das klingt nach einem guten Plan, mein Liebster», meinte Celeste, sah dann zu den Kindern und sagte: «Könnt ihr den nicht noch etwas ausführlicher von eurem Tag erzählen?»

«Ich mag heute nicht mehr erzählen. Ich möchte lieber einfach noch die grandiose Stimmung nachwirken lassen und abhängen», murmelte Elenora.

«Ich mag auch nicht erzählen», sagte Wladimir. Runa zuckte mit den Schultern.

«Aber ihr erzählt mir morgen Nacht alles bis ins kleinste Detail?» Celeste sah Elenora und Wladimir gespannt an.

«Auf alle Fälle. Danke für dein Verständnis!», sagte Elenora und umarmte ihre Mutter.

Die drei liefen davon und wollten gerade zu Tür hinaus, als Vladim meinte: «Könnt ihr noch kurz warten, ich wollte euch noch etwas sagen.»

Sie machten auf dem Absatz kehrt und liefen zurück zu Vladim und Celeste.

«Was denn, Papa?», fragte Wladimir gespannt. Elenora und Runa sahen neugierig zu Vladim.

Vladim räusperte sich und blickte ernst in die Runde.

«Es geht um Alistair. Die Vampirsicherheitsfraktion konnte ihn noch in derselben Nacht verhaften. Er ist geständig.» Vladim machte eine Pause und sah zu Runa. «Ich habe mir noch Gedanken zu eurem Fimselchenproblem gemacht, Runa. Wir werden Alistair für eine gewisse Zeit verwahren. Dort wird er genug Zeit haben, um einer sinnvollen Beschäftigung nachzugehen. Was hältst du davon, wenn wir alle Fimselchen, die sich in der Bücherei deines Onkels befinden, einfangen und sie zu Alistair bringen? Er kann sich dort um sie kümmern, indem er ihnen Buchstaben aufschreibt und sie damit füttert. Wenn ich mich recht entsinne, mögen sie verschnörkelte Buchstaben am liebsten?» Vladim zwinkerte Runa zu.

Runa strahlte über das ganze Gesicht. «Es wird Ansgar freuen, wenn wir das Fimselchenproblem lösen können!», sagte sie und lächelte ihn dankbar an.

«Tolle Idee, Papa», meinte Wladimir.

«Sehr einfallsreich», sagte Elenora anerkennend.

«Gut. Dann ist das nun geklärt und ich gebe der VSF Bescheid, dass Alistair sich doch bitte schonmal im Schreiben verschnörkelter Buchstaben üben soll.» Er schmunzelte, ehe er hinzufügte: «So und nun raus mit euch, Kinder. Ich möchte noch in Ruhe lesen!» Er hängte sich kopfüber ans Drahtseil neben Celeste.

«Tschüss miteinander!», rief Wladimir.

«Bis später», sagte Elenora und Runa winkte zum Abschied.

«Tschüss, Kinder!», riefen Celeste und Vladim ihnen hinterher.

Die drei liefen erleichtert zur Bibliothek hinaus und gingen den Korridor entlang.

«Drehen wir noch eine Runde um die Burg?», fragte Wladimir und sah gespannt zu den Mädchen.

«Klar doch», raunte Elenora. Runa nickte begeistert.

Sie gingen hoch in den Südturm der Burg und flogen dort mutig direkt aus einem der Fenster. Sogar Runa wagte sich mit ihrem Besen aus dem Fenster und jauchzte vor

Freude darüber, dass sie den Mut gefasst hatte, so hoch oben zu fliegen.

Wladimir schwankte plötzlich mitten im Flug und rief Elenora zu: «Kannst du mich daran erinnern, dass ich Tante Eudora um eine neue Beschwerungsfledermaus bitte?»

«Klar!», rief Elenora und genoss den Wind, der durch ihre Haare flatterte. Sie drehten mehrere Runden um die Burg und flogen dann gemütlich nebeneinander her über den Wald.

«Wir haben ein wunderbares Konzert besucht und das Problem mit den Fimselchen wird auch gelöst», seufzte Runa zufrieden.

«Klingt ganz danach, als bräuchten wir neue Abenteuer?», flaxte Wladimir.

Elenora lachte laut auf. «Für Abenteuer haben wir ja noch ganz viele Nächte.»

«Und nun haben wir auch noch ganz viele Tage für Abenteuer!», sagte Runa zwinkernd.

Ein großes Dankeschön kommt angeflogen!

Herzensdank an meine Tochter Gwendolyn. Danke, dass es dich gibt. Du bist die Liebe und das Glück meines Lebens!

Danke an meinen Ehemann Pascal. Danke, dass es dich gibt und du bist, wie du bist. Ich liebe dich.

Ein besonders großes Dankeschön geht an Dr. Mareile Herbst, Programmleiterin vom Autumnus Verlag. Danke, dass Ihnen meine Geschichte so gut gefallen hat und Sie sich dafür entschieden haben, meinen Vampirkindern die nötige Flugkraft zu verleihen, um in die Welt hinausfliegen zu können. Danke von ganzem Herzen!

Ein großes Dankeschön geht auch an das ganze Team vom Autumnus Verlag für die wunderbare Zusammenarbeit.

Sharon Dinah Flügel, gäbe es Paten für Bücher, so wärst du die Patin meines Buches. Danke für all deine Zeit und für deine Liebe zu meiner Geschichte von Wladimir, Elenora und Runa.

Danke, Haike Aardoom. Als Richterin hast du dafür gesorgt, dass bei meinem Richter Vladim auch alles seine Richtigkeit hat. Danke für deine Zeit und deine wertvollen Antworten.

Danke, Bettina Nacar, dafür, dass du meine Geschichte von Beginn an mochtest und daran geglaubt hast.

Danke, Jetmira Ramadani, dafür, dass du meine Geschichte so magst und sie dich zum Lachen gebracht hat.

Danke, liebe Martina Caluori, für deine Zeit und dafür, dass du mich mit deiner wertvollen Meinung unterstützt hast.

Danke, Marco Neeser, dass du mir jeweils in rechtlichen Angelegenheiten beratend zur Seite stehst.

Danke, lieber Sunil Mann, dass du mich mit deiner wertvollen Meinung unterstützt hast.

Danke, lieber Alain Zanardi, für deine Lateinkenntnisse.

Danke, Fabienne Binder, dafür, dass du da warst mit deinen Antworten, als ich sie nötig hatte.

Danke, liebe Ulrike Bieri, dafür, dass du mir eine so wunderbare Lehrerin warst und mir geholfen hast, an mich selbst zu glauben.

Danke an meine wiedergefundene alte Freundin Birgit Altorfer.

Danke, Melanie Ulmer, dass dich die Geschichte zum Schmunzeln brachte.

Danke an meine Patenkinder Anna Mien und Moreno. Ich bin froh, eure Patentante sein zu dürfen und hoffe, ihr werdet heitere Stunden mit meiner Vampirgeschichte erleben.

Danke, Lana, für deine Herzensfreude, die du mit mir teilst.

Danke, Benjamin Vonlanthen, für deine Hilfe mit dem Computer. Ohne dich hätte ich nicht gleich wieder weiterschreiben können. Vermutlich wäre ich jetzt noch mit Papier und Feder beschäftigt.

Autorin: Jacqueline Meier

Fotografiert von Rivana Stutz

Zur Autorin:

Jacqueline Meier, Jahrgang 1985, hat nach einer Ausbildung zur Fotografin, der Tätigkeit als Redaktorin und freischaffender Texterin zur Kinder- und Jugendliteratur gefunden. Sie ist Mutter einer Tochter, verbringt ihre Zeit am liebsten mit ihrer Familie und schreibt für ihr Leben gern. Schon immer liest sie alles, was ihr in die Hände kommt. Und sie liebt den Duft von Büchern, Blumenwiesen und von frisch geröstetem Kaffee!